옆집 천사님 때문에 어느샌가
인간적으로 타락한 사연

사에키상

일러스트 하네코토

Vol. 9

©Hanekoto

목 차

후지미야 아마네

진학하고 자취를 시작한 고등학생.
집안일을 못해서 엉망으로 생활했다.
자신을 비하하는 경향이 있지만
근본은 착하고 상냥하다.

시이나 마히루

아마네의 옆집에 사는 소녀.
학교 제일의 미소녀, 천사님으로 불린다.
아마네의 생활을 보다 못해
식사를 챙겨 주고 있다.

사에키상
일러스트 하네코토
Story by Saekisan
Illustration by Hanekoto

옆집 천사님 때문에 어느샌가 인간적으로 타락한 사연

Vol. 9

She is the next door Angel, I am spoilt by her.

일러스트
하네코토

제1화　눈을 뜨면 보이는 것

　이게 이 세상의 천국일까? 잠에서 깨어난 아마네는 잠에서 덜 깬 상태로 그렇게 생각했다.

　눈꺼풀을 뜨자 품에서 부드럽게 물결치는 황갈색 머리카락과 사랑스러운 소녀가 가장 먼저 눈에 들어왔다.

　정성스럽게 관리했을 싱그러운 머리카락을 몸에 붙이고 아마네의 품 안에서 얌전히 누워 있는 마히루는 보석을 연상케 하는 눈으로 이쪽을 바라보고 있었다.

　머리가 아직 잠에서 덜 깨서 마히루가 왜 여기 있는지 혼란스러웠지만, 잠시 후 어제 아마네의 집에서 묵었다는 기억이 떠올라 납득이 갔다.

　보아하니 오늘은 지난번처럼 품에서 빠져나오지 않고 아마네가 일어나기만을 기다리고 있었던 모양이다.

　아마네가 잠에서 깬 것을 금방 알아차린 마히루는 품에서 편안한 자리를 찾으려는 듯이 몇 번이나 몸을 뒤척이다가 수줍게 미소를 지었다.

　"좋은 아침이에요, 아마네 군."

　"좋은 아침이야. 언제 일어났어?"

"10분 전쯤일까요. 조금 더 포근히 있다가 아마네 군의 잠든 얼굴을 음미하고 나서 밥을 차릴까 했어요."

"사람이 자는 얼굴을 보면 즐거워?"

"물론이죠. 제 활력소가 되는데요?"

덕분에 오늘도 아침부터 활력이 넘친다며 말 그대로 활기찬 표정을 지어서 말로 표현할 수 없는 낯간지러움을 느끼고, 아마네는 마히루를 꼭 껴안았다.

갑작스러운 포옹에 놀란 듯한 마히루는 아마네가 나지막하게 "나한테도 활력을 줘."라고 속삭이자 금세 얌전해지고, 아마네를 받아들이는 듯이 등을 감싸안았다.

마히루가 느긋하다는 것은 아직 시간적 여유가 있다는 뜻이기에 마침 잘됐다는 것처럼 부드러움과 따스함, 상큼하고 달콤한 향기를 만끽하는 아마네에게, 마히루는 "정말 어리광쟁이네요."라며 웃는다.

누가 그렇게 만들었냐고 말하고 싶었지만, 그건 마히루도 잘 알겠지. 아무 말 없이 아마네가 몸을 밀착하는 것도 내버려두었다.

품 안에 모든 것을 바쳐도 좋다고 단언할 수 있을 만큼 사랑스러운 사람이 있고, 그 사람도 자신을 받아들여 준다.

깊은 곳에서부터 채워지는, 가슴속에 가득한 행복감을 온몸으로 퍼뜨리며, 헤어나기 힘든 따스함을 오롯이 만끽했다.

너무 행복한 아침 시간에 눈꺼풀이 저절로 내려갈 것만 같은데, 숨소리가 가늘어지는 것을 눈치챘는지 마히루가 아마네의 등을 토닥였다.

"아마네 군, 잠들지 마세요."

"이대로 학교를 빼먹고 싶은 욕구가 솔솔 샘솟고 있어."

"우등생 아마네 군이 할 말 같지 않네요."

서로가 기본적으로 무지각, 무결석으로 학생으로서는 비교적 규칙을 잘 지키는 편이라는 것을 알기에, 놀리듯 속삭이는 마히루의 말을 들은 아마네도 지금 자신의 언행을 떠올리며 무심코 웃음이 나왔다.

다만 이러니저러니 해도 성실한 이 성격마저도 흔들릴 정도로 지금 상황은 좀처럼 무너뜨리기 어려웠다.

"그렇게 이불에서 벗어나고 싶지 않아요? 이것이 이불의 마력이란 걸까요?"

"굳이 따지자면 마히루의 마력이겠지."

마히루는 이불보다 더 강렬하게 유혹하니까, 이대로 두면 마히루도 희생양으로 삼아서 학교를 빼먹을 것 같다.

존재 자체가 유혹이 되어가는 마히루는 아마네의 말에 "아이 참." 하고, 야단치기보다는 수줍음과 당혹감이 반반씩 섞인 한숨을 슬며시 쉬고는 품에서 빠져나갔다.

"제가 떠나면 마력의 지배에서 벗어날 수 있을 거예요. 자, 일어나서 준비해요."

"나도 알지만 말이야……."

"저는 아무거나 다 빌아주지 않아요. 어서 일어나서 세수하고 정신 차려요."

응석을 받아줄 때는 잘해주면서도 확실하게 맺고 끊을 줄 아는 마히루는 아마네가 이불을 뒤집어쓰려는 것을 예상하고 이불을 걷어낸다.

아마네는 굳이 그러지 않아도 나올 작정이었는데, 마히루가 즐겁게 깨우는 바람에 무심코 애인에게 보이지 않도록 쓴웃음을 짓고 말았다.

(앞으로 이런 식으로 깨워주는 것도 나쁘지 않을 것 같은데.)

일단 아마네는 마음먹으면 얼마든지 제때 일어날 수 있지만, 마히루가 챙겨 준다면 폐를 끼치지 않는 선에서 이른 시간에 이렇게 노는 것도 좋겠다는 생각이 들었다.

번거롭게 할 마음은 없지만, 마히루가 아마네를 돌보는 것을 좋아하는 것 같으니까 아주 조금만 의지하고 응석을 부려도 되겠지.

속으로 몰래 그런 생각을 하면서, 쌀쌀한 기운을 느끼며 침대에서 나와 갈아입을 옷을 꺼낸다.

옷장을 여는 순간 마히루가 미묘하게 안절부절못하는 분위기여서, 아마네는 무심코 흘러나오는 웃음을 참으려고 입을 틀어막고 등을 떨었다.

"옷은 어떻게 갈아입을까? 내가 먼저 세면장에 다녀올까?"

"그렇게 하세요. 엿보면 안 돼요."

"누가 훔쳐본다고. 그런 건 허락을 받고 봐야 하잖아?"

아무리 사귀는 사이라도 옷 갈아입는 것을 보려고 하지는 않는다. 프라이버시 문제도 있고, 역시 지금은 부끄러움이 압도적으로 강하다.

아마네가 옷을 갈아입는 모습을 보여줄 경우에는 마히루가 부끄러워서 움츠러드는 걸로 끝날 것이다. 하지만 마히루가 갈아입는 모습을 보여주는 경우에는 그럴 수 없다. 당분간 눈도 마주치지 못할 것이 뻔히 보이고, 서로 부끄러워서 죽을 것 같다.

"보, 보고 싶어요?"

"보고 싶지 않다고 장담할 순 없지만, 네 기분을 상하게 하고 싶진 않고, 아침부터 기운이 끓어오르면 곤란하잖아."

"그, 그렇긴 한데요……."

"그러니까 그런 건 괜찮아. 뭐든지 서로 보여주는 건 뭔가 아니다 싶으니까."

물론 남자니까 알고 싶지만, 그건 지금 할 일이 아니다.

그런 비밀스러운 부분은 서로 동의하고 봐야 할 것이며, 애초에 등교하는 날의 아침부터 할 일도 아니다.

그 정도는 잘 안다며 어깨를 으쓱하고 방에서 나가려는 아마네에게, 마히루의 "아마네 군의 그런 점이 좋은 점이면서 고민거리인 건데요……."라는 미묘하게 허탈해하는 듯한 목소리가 등 뒤에서 들려왔다.

옷을 갈아입은 뒤, 어제 말했던 대로 달걀말이, 연어 된장구이, 미리 만들어 둔 몇몇 반찬과 된장국, 흰 쌀밥으로 아침부터 든든하게 아침밥을 챙겨 먹은 아마네는 몸단장을 하고 학교에 갈 채비를 하고 있었다.

사실 전날에 교과서 등을 다 준비해서 넥타이를 매고 블레이

저를 걸치기만 하면 끝이지만, 잠시 생각이 나서 넥타이를 손에 쥔 채로 가만히 서 있었다.

"무슨 일 있어요?"

고민하듯 가만히 있는 것을 눈치챘는지 의아한 기색으로 말을 건네는 마히루에게, 아마네는 조금 망설이다가 손에 쥔 넥타이와 숨겨둔 넥타이 핀을 조심스럽게 내밀었다.

어제 생일 선물로 받은 넥타이 핀.

이왕이면 처음으로 착용할 때는 선물을 준 사람이 직접 해주길 원했다.

"넥타이, 매 줄래?"

머뭇거리며 물었더니 마히루는 눈을 크게 깜빡였지만, 아마네의 의도를 이해한 듯 금세 환한 미소를 지으며 "네."라고 고개를 끄덕였다.

다소 공손한 동작으로 넥타이와 핀을 받은 마히루는 소파에 앉은 아마네 앞에 엉거주춤하게 서서 넥타이를 목에 둘러 줬다.

자기가 직접 하는 것과 다른 사람에게 해주는 것은 느낌이 다를 텐데, 거침없는 동작으로 아마네의 넥타이를 빠르고 꼼꼼하게 맨 마히루가 꽃무늬 장식이 예쁜 넥타이 핀을 딱딱한 동작으로 조심스럽게 넥타이에 달았다.

학교 행사가 아니면 잘 착용하지 않는 넥타이 핀이지만, 마히루가 아마네를 위해 골라 준 덕분인지 묘하게 잘 맞았다.

"어울려?"

"제가 아마네 군을 생각해서 고른 거니까 당연하죠."

확신에 찬 미소를 짓는 마히루를 보니 아마네도 자연스레 표정이 풀린다.

"마히루의 안목은 확실하니까. 그럴싸하게 보인다면 다행이야."

"완벽해요. 멋을 낼 때는 작은 아이템도 놓치지 않는 것이 중요해요."

"멋을 내고 싶어서가 아니라, 마히루에게 받은 것이 어울리는지 궁금했을 뿐인데."

"잘 어울리니까 안심하세요."

마히루는 아마네를 다소 과대평가하는 경향이 있지만, 이렇듯 외모에 대해서는 객관적으로 평가해 주니까 문제는 없을 듯하다.

블레이저의 틈새로 살짝 드러나는 정도지만, 이렇게 세세한 패션도 분위기 면에서는 중요한 요소가 되리라.

마히루가 골라 준 옷을 입으면 특별한 것이 없어도 기분이 좋아지고, 자연스럽게 자세가 반듯해진다. 마히루의 옆자리에 걸맞아야 한다는 마음이 그렇게 만드는 것일까.

마히루가 준 선물이 가슴에 있어서 자신에게 기운을 더 북돋아 주는 걸까? 왠지 모를 뿌듯함과 기쁨, 그리고 예전보다 흔들리지 않는 자신감이 내면에서 흘러나오는 것 같았다.

"정말로, 아마네 군은 자신감이 넘치면 멋져요."

블레이저를 걸치고 살짝 셔츠를 정돈하던 아마네에게, 마히루가 나지막이 중얼거렸다.

"자신감이 없었을 때는?"

"귀여움이 더 강했네요. 멋지기도 했지만요."

"하고 싶은 말은 많지만, 괜찮겠지. 지금은 멋지지?"

"네, 무척."

"마히루 옆에 서도 괜찮을 정도로?"

옆에 서는 것 자체는 망설임이 없다.

다만 가끔은 자신이 그 자리에 있는 것이 어색하지 않을지 하는 의구심이 들 때가 있다. 남들이 어떻게 생각하든 그 자리에서 물러날 생각은 없지만, 그래도 객관적인 평가가 신경 쓰일 수밖에 없다.

자기계발은 꾸준히 하고 있지만, 그것이 성과로 나타나고 있는 것일까.

어떻게 대답할지 알면서도 무심코 물어본 아마네에게, 마히루는 "정말이지."라고 못 말리겠다는 듯 웃고, 사랑스럽게 아마네의 뺨을 쓰다듬었다.

"괜찮아요, 아마네 군은 내면도 겉모습도 멋져요. 누가 뭐라고 말하게 할 생각은 없지만, 제 개인적인 감정을 빼고 봐도 정말 멋진 사람이에요."

"그렇구나, 그럼 됐어. 학교에 갈까?"

"네."

아마네가 일어서서 손을 내밀자 마히루는 망설임 없이 그 손을 잡는다.

언제나 마히루가 솔직하게 마음을 전해주니까, 아마네는 당당하게 옆에 설 수 있고, 그 손을 잡고서 걸을 수 있는 것이다.

자신이 이만큼 변할 수 있었던 것은 마히루 덕분이다.

(놓아줄 수 없겠는걸.)

내가 반드시 행복하게 해서 놓치지 않겠다고 다시 다짐하며, 아마네는 마히루에게 싱긋 웃고 함께 집을 나섰다.

"분위기로 봐서, 어제는 참 즐거웠나 봐."

생일 다음 날에 간 학교에서, 역시나 이츠키에게 놀림당했다.

교무실에 볼일이 있다는 마히루와 잠시 헤어져 교실에 들어가자, 히죽히죽 웃는 이츠키가 반갑게 맞아주었다. 참고로 치토세는 아직 등교하지 않은 것 같다.

평소와 다름없고 예상했던 일이지만, 실제로 대놓고 놀리면 부끄러움이 상상했던 것보다 더 강해서, 자연스럽게 미간이 찡그려지는 것도 어쩔 수 없다.

"의미심장한 말투로 말하지 마. 그냥 평범하게 축하받았어."

"에이."

"너 말이야."

"농담이야. 그건 그렇다 치고, 시이나 씨의 작전이 성공한 것 같아서 다행이야."

도끼눈을 뜬 아마네를 달래듯 어깨를 툭툭 치고 다 이해한다는 표정으로 고개를 끄덕이는 이츠키를 차마 비난할 수 없어서, 작게 신음한 다음 한숨을 쉬었다.

"마히루를 도와줘서 고마워."

"말은 그래도 난 아무것도 한 게 없는데. 오히려 치이랑 키도가 여러모로 상담도 들어주고 도와줬어."

"그래도 일부러 숨겨준 거잖아. 고마울 따름이야."

"뭐, 이왕이면 서프라이즈가 좋겠지. 만족스러운 생일을 보낸 것 같아서 다행이야. 다시 한번, 생일 축하해."

가장 세심한 이츠키가 아무렇지도 않다는 듯이 웃으며 어깨를 토닥이자 아마네는 기쁨과 부끄러움에 풀어질 것 같은 볼살을 깨물며 "오냐……."라고 작게 대꾸했다.

이 자리에 없는 치토세에게도 나중에 고맙다고 말해야겠지. 아마도 마히루에게 상담을 많이 받았을 것이다.

놀림당할 것이 거의 확실하지만, 그것도 받은 은혜에 비하면 아무것도 아니기에 기꺼이 받아들일 작정이다.

이렇게 생일을 축하해 주는 친구가 있다는 사실에 행복을 곱씹으며 슬쩍 숨을 내쉬었을 때, 이야기를 들은 듯 같은 반 아이들이 다가왔다.

"어, 후지미야 군 생일이었어?"

"그래, 어제 생일이었어."

이츠키가 긍정하자 반 아이는 "어어!"라고 다소 큰 소리를 내고 아마네를 쳐다봤다.

"왜 말하지 않았어~. 시이나 양도 아무 말도 안 해서 전혀 몰랐어!"

"아, 서프라이즈인지 뭔지 해서……."

"아하~. 그래도 말해 주지 않으면 섭섭한걸……. 오늘 아무

것도 없는데⋯⋯ 주스로 될까?"

"난 이 캐러멜을 줄게. 기간 한정 버섯밥 맛."

"그거 진짜 맛없는 거잖아. 떠넘기지 마."

"무슨 소릴! 이 절묘한 맛이 중독성이 있다고!"

"혀가 이상한 사람이에요."

"너무해! 버섯밥 맛있잖아!"

"맛있긴 하지만 취향으로는 좀 늙은이 같고, 애초에 캐러멜로 만들기 부적합한 소재라고나 할까?"

"정론은 나와 기업을 해칠 거야!"

이야기를 들은 듯한 반 아이들이 몰려들어서 매우 곤혹스러운 아마네에게, 이츠키가 작게 웃으며 "착한 애들이야, 솔직하게 받아들여."라고 속삭였다.

아마네가 사람들 앞에서 달라지기로 결심한 이후로 반 아이들과의 거리가 다소 가까워졌다고는 생각했지만⋯⋯ 이렇게 스스럼없이 말을 걸고 축하해 주는 것은 처음이라서 왠지 모르게 가슴이 뜨거워졌다.

만약 계속 폐쇄적으로 지내고 다른 사람들과 엮이는 걸 피했다면 지금 이렇게 사람들에게 둘러싸이지 못했을 것이리라.

"저기, 다들 고마워. 정말 기뻐."

쑥스러움을 감추지 못하는 투로 감사 인사를 하자 주변 아이들이 환하게 웃어서, 아마네는 다시 한번 작게 "고마워."라고 중얼거렸다.

"저도 모르는 사이에 아마네 군이 인기인이 됐어요."

볼일을 마치고 교실에 들어온 마히루는 반 아이들이 입을 모아 축하하는 아마네를 보고 반가움과 놀라움이 반반씩 섞인 표정을 지었다.

　평소에는 이렇게 사람들에 둘러싸인 적이 없으니 마히루가 놀라는 것도 당연하지만, 이건 인기인이라서 그런 것이 아니라, 그저 순수하게 반 아이들이 착해서 축하해 주는 거다.

　"아, 시이나 양. 안녕. 후지미야 군은 안 가져갈 거니까 걱정하지 마."

　"그, 그런 걸 걱정한 건 아니에요. 여러분에게 둘러싸여서 놀랐을 뿐이에요."

　"뭐, 아마네가 포위당한 건 마히룽과 사귄다고 신고했을 때 정도니까. 나도 깜짝 놀랐어."

　함께 온 치토세도 아마네를 둘러싼 소란스러움에 눈을 동그랗게 떴는데, 아마네와 시선이 마주치자 살짝 놀리는 듯한 미소를 지었다.

　"옛날 아마네가 보면 깜짝 놀랄 거야."

　"뭐, 기겁하겠지."

　스스로 생각해도 예전의 자신은 우울한 분위기였던 것 같으니까, 지금과는 거리가 멀다.

　아마 예전의 아마네라면 지금의 자신 같은 사람은 꺼릴지도 모른다.

　하지만 아마네는 지금의 자신이 싫지 않다.

　세상에서 가장 사랑하는 사람의 옆에 서고자 열심히 노력할

© Hanekoto

수 있게 됐다. 완전히 없어졌다고는 할 수는 없어도, 자기 자신을 비하하는 일이 줄어들었다. 자신감이 늘면서 마음에 여유가 생겼다는 것이 가장 정확한 표현일까.

사랑이 사람을 바꾼다. 그것이 틀림없는 사실임을 몸소 실감하는 아마네는 과거의 자신을 떠올리며 부끄러움과 씁쓸함, 그리고 그리움을 느꼈다.

그 감정을 삼키고 슬쩍 미소를 짓자, 치토세는 "여유가 생겼네."라며 즐거운 투로 말했다.

"좋아하는 사람이 생기면 사람이 변한다는 좋은 사례란 말이지, 아마네는."

"시끄러워. 불만 있어?"

"아니? 괜찮다고 보는데. 예전이 나쁘다는 건 아니지만, 지금 아마네가 더 즐거워 보이는걸."

잘 웃는다며 치토세가 자신의 양 볼에 검지를 콕콕 대며 주장해서, 아마네는 무심코 자기 뺨을 손으로 감쌌다. 그리고 슬쩍 마히루를 보니 충격이 풀린 듯 부드러운 미소를 지으며 고개를 끄덕였다.

"예전보다 훨씬 더 부드럽게 웃게 되었어요. 그렇죠?"

"그래. 눈빛이 완전 다른걸. 시이나 양을 볼 때만큼 두드러지진 않지만 말이야."

"시이나 양을 상대하면 당연히 눈빛이 달라질 수밖에 없겠지. 이토록 애정을 쏟고 있으니까."

"오히려 요즘은 천사님보다 더 푸근할 때도 있다고."

"그건 알았으니까 자꾸 보지 마. 마히루에게 약하다는 건 나도 알아."

마히루를 상대하면 얼굴에서 힘이 빠지고 표정이 느슨해지기 쉬워서 조심하고 있지만, 역시 반 아이들은 잘 보는 모양이다. 남녀를 불문하고 동의하는 목소리가 여기저기서 들려온다.

계속되는 지적에 부끄러움이 가슴속 깊은 곳에서 서서히 올라와 입술 주위가 간지러워지기 시작할 무렵, 치토세가 "뭐, 이쯤에서 안 끝내면 아마네가 삐칠 거야."라며 손바닥을 마주쳐 분위기를 바꾼다.

그렇다면 처음부터 말하지 말라고 생각했지만, 치토세 나름대로 아마네를 축하해 줄 작정이었던 모양이다. 빙그레 웃고 가방에서 포장된 상자를 꺼냈다.

"그런고로 하루 늦었지만, 나랑 잇군도 선물을 줄게!"

"정말이지, 마히루와 함께 고민하고 신경 써 줘서 고마워."

"우후후. 그야 마히룽의 유일무이한 절친이니까. 귀여운 친구의 음모에는 동참하지 않을 수 없거든요. 자, 받아."

평소보다 더 신난 목소리와 함께 건넨 상자는 생각보다 무거웠다.

이츠키와 치토세가 같이 골랐다면 기본적으로 함정 카드일 리가 없고, 설마 이 타이밍에 장난기가 넘치는 물건을 주지는 않을 거라고 생각하고 싶다. 특별한 일이 없는 한, 받는 것만으로도 기쁜 일이다.

두 사람 모두 센스가 좋아서 선택한 물건에 대한 걱정은 없지만, 은근슬쩍 무게가 느껴져서 자신도 모르게 '이게 뭐야?' 라는 눈빛이 되었다.

"한 가지 물어볼게, 내용물은 뭐야?"

"야, 그걸 지금 물어보는 거야? 딱히 말해도 상관없지만."

슬쩍 마히루를 보는 점에서 갑자기 불안감이 커진다.

"뭐야, 그 의미심장한 태도는."

"아하하하. 농담이야, 농담. 딱히 위험한 건 아니야. 내용물은 입욕제와 배스솔트 세트야. 마히룽이 좋아하는 냄새가 나는 거랑 신진대사에 무지 좋다고 소문난 걸로. 둘이서 쓸 수 있을 것 같아서."

"왜 둘이서 써야 하는데. 보통은 혼자 쓴다고."

선물은 고맙지만, 불필요한 말이 들어가서 미간에 주름이 잡혔다.

어느 정도 스킨십을 하고는 있지만, 현재 순수한 관계를 유지하고 있는 몸으로서 주변 사람들에게 둘이서 목욕하는 사이로 여겨지는 것은 곤란하다.

안 한다고는 말하지 않지만, 수영복과 수건을 써서 하는 것이고, 같이 잘 때마다 하는 것도 아니다.

그렇게 말하면 사람들이 오해한다고 눈을 흘기는 아마네를 본 치토세가 "어~?" 하고 못마땅한 소리를 내는 바람에 뺨을 꼬집고 싶어졌지만, 꾹 참았다.

"괜한 오해를 부를 수 있으니까 그만해."

"이래서 소심하다는 거야."

"이츠키 넌 입 다물어."

"알았수다. 굳이 입 다물지 않아도 너희가 후끈후끈한 건 잘 알려진 것 같기도……. 아, 알았대도."

다가온 이츠키의 허리를 주먹으로 꾹꾹 눌러보니 묵직하게 딱 딱한 감촉이어서 미묘하게 패배감을 느끼면서도, 일단 입을 다 물게 하는 데는 성공했기에 아마네는 한숨을 푹 쉬었다.

"선물은 진심으로 기쁘고, 너희 마음도 고맙지만, 쓸데없는 말은 하지 마."

그렇게 말하며 부끄러움에 열이 오를 것 같은 뺨을 간신히 가 라앉히며 선물을 소중히 안고 자기 자리로 돌아가는 아마네에 게, 이츠키가 일부러 허리에 손을 얹고 따라온다.

"아마네."

잠시 사람들 사이에서 빠져나간 아마네의 귓가에, 이츠키가 슬쩍 얼굴을 가까이 댄다.

"뭔데?"

"난 같이 목욕하라고 한 적이 없는데 말이야. 자러 오는 날에 도 따로따로 목욕하는 전제로 말한 건데."

"시끄러워……."

"엄청나게 작게 말하네?"

뒤늦게 자폭한 것을 깨달은 아마네가 입술을 깨물며 고개를 획 돌리자, 이츠키가 유쾌한 소리를 내 웃으며 놀리듯 등을 두 드렸다.

"아, 시이나 양이 다 폭로했어?"

점심시간. 마히루를 도와준 일로 고맙다고 말하자, 키도 아야카는 장난스럽게 미소를 지었다.

아무렇지도 않은 얼굴로 마히루의 서프라이즈 생일 축하에 협력해 주었기에 아마네로선 고맙기도 하면서도 미묘하게 속았다는 느낌이 들었다. 아야카가 입을 다물었다면 소우지도 가담했다는 뜻이니까, 주위 사람 모두가 은폐한 셈이다.

그렇게까지 협력해 준 것은 마히루의 인망 덕분일 테니까 그 점에 관해서는 순수하게 감탄하지만, 그토록 철저하게 할 필요가 있었을지 하는 생각도 든다. 물론 마히루가 아마네를 깜짝 놀라게 하고 싶었던 것도 있겠지만.

"맛의 비결은 직접 알아낸 거야?"

"일단은. 그냥 왠지 맛이 비슷하다고 생각했었는데."

"역시 알 수 있는 거구나. 이모네 집 커피가 맛있어서 그런 걸지도 모르지만."

"그나저나 마히루에게 커피를 제공하게 된 계기가 뭐야?"

"아, 시이나 양이 케이크 때문에 고민하길래, 같이 레시피 책이나 잡지를 볼 때 커피를 써보는 게 어떻겠냐고 제안해 봤어. 그랬더니 시이나 양도 관심을 보이더라고."

자기가 생각해도 좋은 아이디어였다며 웃는 아야카에게 쓴웃음을 지으면서도, 정말로 맛있었기에 고개만 끄덕였다.

"그 모습을 보니 아주 만족한 것 같아서 다행이야. 후미카 이모님도 기뻐하실 거야."

"협력해 줘서 정말 고맙긴 한데, 오너한테 꼭 자세히 말해야 할까?"

도움을 받았으니 감사 인사를 하는 건 당연하고, 어느 정도 경위를 알려주는 것도 어쩔 수 없다고 보지만, 흥분하는 후미카가 불안해지는 것도 어쩔 수 없으리라. 첫 만남부터가 조금 그랬기 때문에, 또다시 그런 흥분 상태가 되면 솔직히 말해서 대응하기 곤란하다.

아마네가 무슨 말을 하려는지 아는지, 아야카는 살짝 쓴웃음을 지으며 "뭐, 그냥 간단하게 보고하면 되지 않을까? 이모님도 집요하게 캐묻는 성격은 아니니까…… 아마도."라고 중얼거렸다.

마지막 '아마도'가 괜히 불안을 키우지만, 후미카도 나쁜 사람은 아니니 사는 데 보탬이 된다면 괜찮을 거라고 생각했다. 적당한 수준이라면 말이지만.

"어쨌든 정말 고마워. 나 같은 사람을 위해서……라고 말하면 마히루가 화내겠지. 고마워."

"뭘 그런 걸 가지고~. 친구의 생일이라면 당연히 도와줘야지. 그런고로 내 선물도 받아."

아야카가 손에 든 가방에서 한 손에 쥐기에는 조금 큰, 포장된 상자를 꺼냈다.

아마네는 설마 아야카에게 받을 줄은 몰라서 잠시 당황했지만, 곧바로 아야카가 "나도 서프라이즈 성공했네."라고 신나게 말하는 것을 듣고 정신을 차렸다.

"이건 소우짱과 돈을 모아서 산 건데, 받아주세요."

"신경 쓰지 않아도 될 텐데……. 고마워. 참고로 내용물을 물어봐도 될까?"

"프로틴!"

"여전하네!"

힘찬 말투에 무심코 웃으며 납득한 아마네에게 아야카가 "이건 맛도 좋고 흡수율도 좋은 제품이거든! 소우짱을 통해서 검증 완료!"라고 의기양양한 표정을 보여주니까 더더욱 웃음이 나온다.

만약 이 자리에 소우지가 있다면, '나로 실험하지 마.'라고 딴지를 걸었겠지.

아마네가 그렇게 예상한 것을 눈치챘는지 "괜찮아, 소우짱도 여러 종류를 마시면서 '뭐, 단백질이니까 괜찮아.'라고 했으니까! 주저하지 않고 마셔 보고 비교하며 검증했거든!"이라며 활기찬 미소를 지었다.

그걸 실험이라고 하는 게 아닐까. 그런 생각이 들지만, 아야카가 생각보다 기분 좋게 웃는 바람에 그 말을 도로 삼켰다. 말하지 않는 것이 좋을 때도 있는 법이다.

"아무튼 정말 여러모로 고마워. 도움을 많이 받았어."

"괜찮아. 나도 좋아서 참견한 거고, 오히려 소우짱한테 적당히 참견하라는 소리를 들으니까."

"참견이라고 할까, 실제로 도움받은 거니까 그렇게 생각하진 않는데 말이야."

"음…… 하지만 내가 하고 싶어서 멋대로 하는 거야. 후지미야 군은 신경 쓰지 않아도 될걸? 그리고 나도 득을 보니까."

"득을 본다고?"

"우후후. 후지미야 군과 소우짱이 친해지면 소우짱의 기분이 좋아져. 그리고 기분이 좋아지면 근육을 만질 시간이 늘어나는 걸."

"그러십니까……."

몹시 장난스럽고 이기적인 목적이 숨겨져 있어서 쓴웃음만 나오는데, 그게 전부가 아니라는 것도 평소의 아야카를 보면 안다. 본인이 남을 잘 챙기는 기질인 것은 조금만 알고 지내는 아마네도 짐작할 수 있고, 그걸 즐기는 것도 어렴풋이 알 수 있다.

그러면서 너무 신경 쓰지 않게끔 농담하는 구석이 있어서, 아마네는 그 배려에 감사하며 "뭐, 카야노랑 키도가 그래도 좋다면 상관없지만." 하고 어깨를 으쓱하고 넘어갔다.

"오늘은 엄청났네요."

집에 돌아와 식사를 마치고 한숨 돌렸을 때, 소파 옆에 앉은 마히루가 부드러운 말투로 나지막이 중얼거렸다.

그게 무슨 뜻인지 아마네도 금방 알아듣고 "그랬지."라고 대답했다. 마히루는 마치 자기가 축하받은 것처럼 기쁘게 웃었다.

그 표정에 안도감과 만족감과 환희가 절묘하게 어우러지고, 흐뭇한 기색으로 아마네를 보니까, 무심코 부끄러워져서 마히루의 시선을 피해 TV 쪽으로 시선을 돌렸다.

소파와 TV 사이에 놓인 좌식 테이블 위에는 오늘 친구들에게
받은 선물이 여러 개 놓여 있었다.

　이츠키와 치토세, 아야카는 물론, 이들과 비교하면 평소 친분
이 두텁지 않았던 반 아이들에게도 즉흥적으로 선물을 받았다.

　대체로 과자나 주스 같은 거지만, 즐거워하는 눈치로 아마네
의 생일을 축하해 주었다. 아마네는 얼굴에 드러나지 않게 고심
했지만, 가슴속에는 수줍음과 기쁨이 가득했다.

　작년에는 애초에 생일을 알려줄 상대가 이츠키, 치토세밖에
없었다. 교실이 떠들썩해진 적도 없으니까, 그때와 비교하면
상상할 수 없을 정도로 축하받은 것이다.

　자신이 생일에 무관심한 것을 잘 아는 아마네로선 딱히 축하
받고 싶다는 욕구가 없었지만, 역시 자신이 태어날 날을 축하해
주는 건 기쁘다고 실감했다.

　"그렇게 많이 축하받을 줄은 몰랐어. 버섯밥 맛 캐러멜은 사
양했지만."

　"후후. 저는 조금 궁금했는데요."

　"무조건 입을 헹궈야 할걸."

　마히루는 먹을 것에 관한 지식욕이 아마네보다 강해서 처음
들어본 기발한 과자에 관심을 보였지만, 조금 수준이 넘어가는
이상한 맛 과자만큼은 아마네도 마음만 받아두기로 했다.

　그 대신에 비프스튜 맛 캐러멜이라고 하는, 어딜 봐도 고형 콩
소메를 응축한 듯한 것을 받았으니까, 선물한 당사자는 정말로
특이한 캐러멜을 좋아하는 걸지도 모른다.

평소 잘 이야기하지 않는 아이의 특이한 취미에 곤혹과 감탄을 느끼며 친구와 반 아이들에게 받은 선물을 보면 당연히 기쁘다. 하지만 가슴속에서 치밀어 오르는 의문과 희미한 불안이 솔직한 기쁨을 뒤덮듯 퍼진다.

"이렇게 축하받아도 되는 걸까……."

입에서 불쑥 튀어나온 말에 잽싸게 반응한 마히루는 부드러운 표정을 한순간 조금 토라진 듯한, 불안과 황당함이 섞인 표정으로 바꿨다.

"뭘 그렇게 불안해하세요. 모두가 축하해 준 건 아마네 군이 학급 여러분과 교류하고 친분을 쌓았기 때문이에요. 아마네 군의 인망 덕분이에요, 알겠어요?"

"미안해. 비굴하게 굴려는 건 아니고. 그냥, 별로 실감이 나지 않아서 그래. 기본적으로 남들한테 생일 얘기를 안 하니까."

친하지도 않은 사람에게 별다른 맥락도 없이 생일이라고 하면 축하를 강요하는 것처럼 느껴지기도 하니까, 친한 사람들한테 한마디 듣는 것만으로도 행복했다.

그것이 갑자기 늘어났으니 당황스러워도 어쩔 수 없다고 아마네는 말하고 싶다.

"후후. 그만큼 아마네 군이 주변에서 인정받고 축복받고 있다는 거예요. 기쁘게 여길 일이죠."

"그래, 그랬으면 좋겠어."

"아마네 군."

비난하는 듯한 목소리에 아마네는 웃음을 터뜨렸다.

비굴하게 굴면 안 된다고 말하는 듯한 마히루가 눈을 흘기고 본다. 그런 표정을 보면 칙칙하게 부정적으로 생각할 수 없으리라.

"미안해. 나도 알아. 기쁘다고⋯⋯."

"그래요. 순순히 축하받아 주세요."

순순히 받아들이자 마히루도 평소처럼 미소를 지으며 아마네의 두 팔에 몸을 기댄다. 희미하게 꾹꾹 밀어붙이는 감촉과 무게에 미소를 띠며 마히루를 내려다본다.

마히루는 아마네가 생일을 축하받는 것을 자기 일처럼 기뻐해 주었다. 그건 진심에서 우러나온 것이리라.

(마히루는 생일을 축하하는 날로는 인식하는 것 같아.)

그것이 사랑하는 사람이나 친한 사람이라면, 특히.

그리고 친하지 않아도 교류가 있는 사람들이라면, 마히루는 진심으로 축하한다고 말할 것이다.

그 생일 축하는 본인의 생일에 적용되지 않는다. 작년 일을 떠올리며, 오늘 하루 동안 아마네의 가슴속에 쌓인 따뜻하고 부드러운 감정에, 따끔따끔 차가운 가시가 박힌다.

다만 이 가시는 싫은 것이라는 인식이 아니다.

현실을 알려주기 위한 충고이자, 그리고 앞으로 아마네가 할 말을 밀어주는 듯한 기폭제이기도 했다.

"있잖아."

"네."

최대한 긴장과 격한 감정을 없애고 부드럽게 부르려고 했지만, 그 미세한 변화를 감지한 듯한 마히루는 아마네에게 기대던 자세를 바로잡고 몸을 꼿꼿하게 폈다.

경계하는 것과는 다르지만, 중요한 이야기일지도 모른다는 생각에 몸을 움츠리고 있는 마히루에게, 아마네는 헛기침을 한 번 하고 말한다.

"저기, 난 잘 숨기지 못하니까, 괜히 의식하거나 의심받을 것 같아서, 혹시라도 싫어하면 곤란하니까 미리 말할게."

"네."

"다음 달에 마히루의 생일이 있잖아?"

"아, 그러고 보니 그랬네요."

아마네의 말에 반응한 마히루는 정말로 지금 그걸 떠올린 것처럼 눈을 깜빡이더니, 시선을 허공에서 빙빙 돌리다가 고개를 끄덕였다.

그 태도로 보아 본인은 전혀 의식하지 않았고, 애초에 관심이 없는 일로 인식한 것이리라. 그래서 생각이 전혀 미치지 못한 나머지 반응이 늦어진 것이다.

그 반응에서 자기 자신에 대한 무관심이 엿보여, 아마네는 무심코 씁쓸한 기분이 들었다.

"마히루는 생일을 축하받아도 별로 기쁘지 않은 거지?"

"기쁘지 않다고 할까요……. 아무렇지도 않다고 할까요."

그 말대로 마히루는 자기 생일이 별로 중요하지 않은 것이다.

작년 생일 때부터 알았지만, 역시 사귀게 된 뒤로도 이렇게 단호하게 말하는 것을 보면 아마네도 왠지 서글픈 기분이 들었다.

"단순히 제 나이가 바뀌는 날이어서, 축하할 날은 아니라고 여겼어요. 실제로 축하받은 적도 거의 없고요. 아, 작년에는 아마네 군이 축하해 줘서 기뻤어요! 축하받는 게 아무렇지도 않은 게 아니라, 저 자신은 대수롭지 않게 여긴다고 할까요."

작년의 조촐한 축하가 기억에 남은 듯, 마히루는 허둥대듯 손을 흔들어 작년 일을 긍정해 주었다.

마음을 써 줬음을 아니까, 아마네는 "그런 말을 시키려고 한 건 아니야. 미안해."라며 조금 미안한 투로 말을 이었다.

"너한테 그날이 특별하지 않다는 건 알아."

아마네는 마히루의 성장 배경과 환경을 이해하고 있기에, 마히루 자신은 생일에 의미를 부여하지 않는다는 사실을 안다.

마히루는 이제 힘들어하지 않는 것 같지만, 아마네는 그게 싫었다.

설령 아마네의 고집일지라도, 마히루가 사랑받고 행복해지길 바라는 사람이 있다는 사실을, 태어나는 것을 고마워하는 사람이 있다는 사실을 실감해 주었으면 했다.

"저기, 이건, 나 혼자 멋대로 생각하는 거지만. 내게는 마히루의 생일이, 특별한 날이야."

"특별한……."

"네가 내 생일을 특별하게 여기는 것처럼, 나도 마히루의 생일이 세상에서 가장 특별해."

마히루가 아마네의 생일을 열심히 준비해 준 것은 여러 사람에게 들어서 안다.

진심으로 사랑받는 것도 안다.

그렇게 사랑받고, 그저 행복을 누리기만 하는 사람이 되기는 싫다. 아마네도 똑같은 것을, 똑같은 만큼, 아니 지금까지 받은 것까지 포함해서 최대한 축하해 주고 싶었다.

"나는, 네가 좋아서 죽겠다고 할까, 네가 태어나서 정말 고맙다고 할까, 무척 기쁘다고 할까. 마히루가 태어나 줘서 정말 기쁘고, 고마워. 태어나 줘서, 나를 만나 줘서, 나를 좋아해 줘서 고맙다고, 언제나 생각해. 내게 마히루가 태어난 날은 무척 특별한 날이야."

거짓말을 보태지 않고, 아마네에게 마히루의 존재가 가장 특별하고, 그 마히루가 이 세상에 태어난 날은 가장 특별한 날임을, 마히루가 알기를 원했다.

"그러니까 만약, 불쾌하지 않다면, 네가 나를 축하해 준 것처럼, 나도 축하해도 되겠습니까? 마히루가 태어난 것을 진심으로 고마워해도, 되겠습니까?"

만약 마히루의 기분이 언짢아진다면 그날은 평소처럼 지낼 작정이다. 마히루의 마음을 무시하고 축하하고 싶은 건 아니다.

마히루가 그날을 조용히 보내길 원한다면, 아마네는 더 언급하지 않고 평소처럼 하루하루를 보내려고 생각했다.

하지만 허락해 준다면, 아마네는 자신의 모든 것을 동원해서라도 마히루의 생일을 축하해 주고 싶었다.

태어나 줘서 고맙다고 여기는 사람이 여기 있다고, 전하고 싶었다.

똑바로 바라보며 물어보고 그 대답을 기다리던 아마네는 마히루가 아까 놀라던 것과는 다른 느낌으로 놀란 표정을 지은 것을 금방 알아챘다.

어딘지 모르게 불안하고, 두려워하는 듯한…… 믿을 수 없다는 것처럼, 눈치를 보는 눈빛.

"그래도 돼요……?"

"싫지 않아?"

"싫지, 않아요. 무척, 기뻐요. 저 같은 사람에게."

"마히루, 아까 나한테 비굴하면 안 된다는 태도를 보였지?"

아마네는 지적할 때는 자기만 예외로 해선 안 된다며 당혹과 불안, 망설임으로 물든 듯 힘이 없는 마히루의 뺨을 거침없이 꼬집었다.

말랑말랑과 탱글탱글의 중간쯤으로 절묘하게 부드러운 뺨에 장난을 치듯 쭉쭉 잡아당겨서 마히루의 마음에 가라앉으려고 하는 부정적인 감정을 부드럽게 끄집어내자, 벌어진 마히루의 입에서 "아, 아라혀요."라고 참으로 우스꽝스러운 소리가 흘러나왔다.

아프지 않게 힘을 조절했지만, 마히루는 어지간히 충격이 컸는지 손을 뗀 뒤에도 멍하니 아마네를 쳐다봤다. 그래서 "내가 너를 얼마나 소중하게 여기는지 알겠어?"라고 물어보니 뺨을 꼬집은 탓으로 보이지 않을 만큼 얼굴에서 혈색이 좋아졌다.

"아으."나 "으으." 같은 언어 미만의 소리가 입 밖으로 작게 흘러나오고, 이어서 머뭇머뭇 아마네를 쳐다본다.

© Hanekoto

그 얼굴에서는 이미 불안을 전혀 찾아볼 수 없었다.

"고마워요……. 아마네 군이 축하해 주기만 해도 행복하다고 할까요……. 저기, 기분이 이상해요. 자기 생일은 별로 중요하지도 않았는데."

"그렇다면 올해부터는 그런 소리가 나오지 않게 해주겠어."

마히루가 별로 중요하지 않게 여기는 이유에는, 아마도 부모님과의 관계가 뿌리 깊게 얽혔을 것이다.

그걸 아마네가 완전히 제거할 수는 없다. 애초에 그것이 지금의 마히루를 형성하는 중요한 요소 중 하나이기도 하다.

적어도 다른 사람이 건드리길 바라지 않는 민감한 부분임은 확실하다.

그렇기에 아마네는 별로 중요하지 않다는, 자포자기 같은 무관심을 덧씌우고 싶었다. 마히루를 소중히 여기고, 태어난 것을 고맙게 여기는 사람이 여기 있음을 실감하길 원했다.

"다 같이 성대하게…… 하는 거는 좋아하지 않겠지. 조용하게 축하하자."

"네……."

생일을 축하한다고 해도, 마히루는 사교적이긴 해도 원래부터 낯가림이 심하다고 할까, 경계심이 강한 체질이라서 조용한 환경을 선호한다. 그리고 남들에게 생일을 알리고 싶지 않으니까 친한 사람들끼리 축하하는 것이 더 나을 것 같다.

지금은 친한 사람들에게는 생일을 알려줘도 좋다고 생각하는 듯하니까, 그 부분은 마히루 본인이나 생일을 축하하고 싶어 할 치토세 등과 상담해야 하겠지.

　머릿속으로 앞으로의 계획을 조금씩 짜던 아마네는 마히루가 가만히 자신을 바라보며 조금 쑥스러운 듯, 어색한 듯하면서도 기쁜 내색으로 몸을 움츠린 것을 보고 작게 소리를 내어 웃었다.

　"축하받는 게 익숙하지 않나 보네, 마히루는. 난 아직 예고밖에 안 했는데."

　"그, 그거야 당연히."

　"응. 봐서는 순순히 받아들인 것 같아서 다행이야. 그런고로 나는 마히루의 생일을 축하하려고 몰래 움직일 거니까, 용서해 주십시오."

　"후후. 네."

　이미 생일 축하를 예고했으니까, 이제는 정정당당하게 몰래 움직이겠다고 전해야 하겠지.

　마히루라면 예고한 시점에서 이해해 주겠지만, 축하해 주려고 불안하게 하는 건 싫으니까 다시 수상한 행동을 보여도 되냐는 허가를 신청했다. 그랬더니 마히루는 이상하다는 것처럼 웃음을 터뜨렸다.

　그 경쾌한 웃음과 밝은 목소리에 속으로 안도하면서, 아마네는 응석을 부리듯 살짝 몸을 기대는 마히루의 머리를 쓰다듬었다.

　"최대한 기뻐할 수 있게, 여러 방면으로 열심히 연구해 볼게."

　"그런 것까지 본인 앞에서 말하는 거예요?"

"아."

"후후. 그런 부분은 마무리가 어설프잖아요."

"뭐라 할 말이 없습니다."

지당한 말이라며 입술을 꾹 다물자, 고운 웃음소리가 부드럽게 들려온다.

"기대할게요."

"응. 기대에 부응할 수 있도록 노력할게."

"그래요. 기다릴게요."

그토록 대수롭지 않게 말하던 마히루가 생일을 기대해 준다는 사실에 가장 큰 기쁨을 느끼며, 아마네는 고개를 굳게 끄덕이고 나머지 한 달의 시간을 마히루를 위해 노력하기로 결심했다.

제2화 축하를 위한 사전 준비

"아, 그리고 보니 예전에 네가 상담한 시기로 봐서, 시이나 양의 생일도 그때쯤이겠구나."

혼자 힘으로는 마히루를 더 만족시킬 수 없음을 알기에, 제일 가는 상담 상대인 이츠키를 서로가 아르바이트가 없는 날의 방과 후에 붙잡아 패스트푸드 가게에서 회의했다.

아마네도 마히루의 생일을 섣불리 다른 사람에게 알릴 마음은 없다. 하지만 애초에 작년에도 도움을 받았고, 그때 날짜도 어느 정도 들켰으니까, 상담하는 것 자체는 망설이지 않았다.

"본인은 남들에게 알리기 싫은 것 같으니까 너무 떠들고 다니진 마."

"안대도. 나를 뭐로 보는 거야?"

손님이 많은 시간이 지난 때여서 미리 만들어 둔, 늘어진 감자튀김을 집어서 흔들던 이츠키는 어이없다는 듯이 눈을 흘겼다.

"시이나 양은 아마네 너보다 경계심이 강하고, 굳이 따지자면 인간 기피……라고 할까. 음, 배타적? 좋아하는 사람한테만 본심을 드러내는 성격일 테니까."

"잘 아네……."

"째려보지 마세요. 무서워 죽겠어요. 질투하지 마세요. 단순히, 나랑 유타도 비슷한 성격이잖아?"

"아…… 뭐, 비슷한 구석은 있지."

마히루와는 성질이 다소 다른 부분이 있지만, 이츠키와 유타도 친근한 듯하면서 눈에 보이지 않는 벽을 치는 구석이 있다.

이츠키는 설렁설렁한 태도와 호들갑스러운 행동으로 얼버무리지만, 쉽게 속내를 드러내지 않는 자세인 것은 친구인 아마네도 잘 알았다. 유타의 경우, 온화한 표정을 고수하는 건 본인의 입장에서 봤을 때 감정을 드러내면 그 대상이 주위에서 주목받으니까, 그걸 피하려는 거겠지.

"그렇지? 본인이 싫어하는 걸 아니까 말이야. 애초에 굳이 친구의 여친을 괴롭힐 만큼 쪼잔한 인간이 아니야, 나는."

"그건 알아."

"오오, 나를 향한 신뢰가 느껴지는데!"

"뭘 지금 와서."

신뢰하지 않으면 굳이 이츠키에게 상담하지 않으니까 정말이지 지금 와서 할 소리가 아니다. 그런데 이츠키는 어째서인지 깜짝 놀란 표정을 지었다.

여전히 호들갑이 심하다고 여기며 지켜봤더니, 다음에는 갑자기 미심쩍은 눈빛을 보이고, 급기야 어째서인지 걱정하는 표정을 지어서, 아마네는 "뭐야."라고 목소리를 살짝 낮추고 말했다.

"진짜 왜 그래? 갑자기 솔직해지면 걱정되는데?"

"몸 상태를 의심하듯 보지 마!"

"아니, 그래도 말이지."

"맞아."

엄청나게 무례한 소리를 들은 기분이 들어서 이츠키를 노려보지만, 추가로 이츠키에게 동조하는 사람이 나타나서 아마네는 그림자를 드리운 장본인을 쳐다봤다.

예상한 인물이라고 할까, 거기에는 평소처럼 애교가 넘치는 얼굴에 능글맞은 웃음을 더한 치토세가 서 있었다.

"너도 참 아무렇지도 않게 참전하네."

"그게 있지. 남자 둘이 몰래 얘기하고 있으니까. 우연히 밖에서 보고 들어왔어."

치토세는 다른 볼일이 있어서 먼저 하교한 걸로 아는데, 설마 여기에 나타날 줄 몰랐다. 그래서 아마네는 무심코 의심하는 눈초리로 봤다.

태도가 변하지 않는 치토세는 "딱히 스토킹하는 건 아닌걸?"이라며 배시시 웃고 당연한 것처럼 이츠키의 옆자리에 앉더니 눅눅해진 감자튀김을 집어서 입에 쏙 집어넣었다.

"그래서? 무슨 얘기를 했어?"

"자연스럽게 눌러앉네."

"내가 들어서 곤란한 얘기라면 다른 델 갔을 거잖아. 잇군은 여기가 내가 다니는 길인 걸 아니까. 그리고 오늘은 남자끼리 따로 가겠다고 했고. 그렇다면 아마네가 먼저 가사고 말을 써냈을 거잖아? 아마네가 상담한다면 십중팔구, 아니 99퍼센트 확

률로 마히룽과 관계가 있을 거니까."

　이상하게도 똑똑한 치토세 때문에 머리가 지끈거릴 것 같다. 치토세도 이츠키와 마찬가지로 마히루의 생일을 대충 알고, 굳이 따지자면 협력을 요청할 작정이었으니까, 따로 이야기하는 수고를 덜 수 있지만.

　그래도 정확히 꿰뚫어 본 것이 왠지 모르게 부끄러워서, 아마네는 한숨을 살짝 쉬고 가슴속에서 휘몰아치는 쑥스러움을 밖으로 내뱉었다.

　"마히루의 생일 이야기야……."

　숨길 생각이 없어서 솔직하게 대답한 아마네에게, "거봐." 하며 의기양양한 표정을 짓는 치토세.

　"오케이. 아하. 알았어. 서프라이즈 기획을 하고 싶은 거구나."

　"서프라이즈는 아닌데……. 마히루한테 생일 축하 허가는 받았으니까."

　"넌 진짜 고지식하구나."

　"마히루는 신중하고, 정중하고, 소중히 대하고 싶거든."

　서프라이즈 기획도 상황에 따라서는 상대가 꺼리는 요인이 될 수 있다는 이야기를 종종 듣는다. 애초에 기뻐해 주길 원해서 축하하려는 거니까, 상대가 그 행위를 싫어한다면 더 논할 가치도 없다. 마히루는 생일에 얽힌 복잡한 감정이 있으니까 더 신중해질 수밖에 없다.

　그러므로 최대한 마히루의 취향에 맞추고 싶고, 생일을 맞이해 진심으로 기뻐할 날로 만들 수 있게끔 노력할 작정이다.

"우후후. 푹 빠졌네."

"시끄러워. 마음대로 말해."

"휴휴. 후끈후끈. 홀딱홀딱. 애처가."

"이츠키, 입을 틀어막아."

"어쩔 수 없네. 자, 먹어."

치토세가 마음대로 말하게 두면 시끄러워지니까 남친에게 조용히 시키라고 하자, 이츠키는 못 말리겠다는 듯 어깨를 으쓱하더니 감자튀김 몇 개를 한꺼번에 치토세의 입에 쑤셔 넣었다.

치토세도 입이 막힌 상태로는 차마 떠들 수 없어서 우물우물 소리를 내며 조금 못마땅한 눈으로 노려보듯 쳐다보지만, 아마네는 무시하기로 했다.

한동안 우물거리고 나서 겨우 다 삼킨 치토세가 "너무해."라고 불평하지만, 이쪽도 일부러 무시한다.

"그래서? 잇군한테 뭘 부탁하려고 했어?"

"아니, 부탁이라고 할까……. 선물은 뭐가 좋을지, 같은 가벼운 상담부터 시작하려고 했는데."

아무튼 먼저 정하고 준비해야 할 것은 선물이겠지. 준비하는 데 시간이 걸릴 수도 있으니까, 오히려 생일 선물을 준비하는 시기로는 조금 늦은 감이 든다.

아마네도 익숙하지 않은 아르바이트로 바쁘긴 했지만, 조금만 더 일찍 준비할 걸 그랬다며 후회했다.

"음. 그런 건 가장 가까이 있는 아마네가 잘 알 것 같은데."

"24시간 내내 같이 있는 남친이잖아."

"아무리 그래도 24시간 내내 같이 있지는 않아. 그건 그렇고, 마히루는 물욕이 거의 없단 말이지……. 애초에 원하는 건 바로바로 마음속에서 저울질해서 산다고 해야 할까……."

"아…… 마히룽은 그런 구석이 있어."

동의하고 다소 황당해하듯 말한 치토세는 같은 여자끼리 쇼핑하러 다니니까 더더욱 잘 알 것이다.

"마히룽은 자기가 원하는 걸 잘 말하지 않고, 알아서 하는 성격이라고 할까. 아마네가 이러이러해서 갖고 싶다는 건 있지만, 자기가 이러이러해서 갖고 싶다는 말은 잘 안 하는 편이야."

(그것까지 나를 기준으로 안 삼아도 돼. 마히루…….)

남친이 모르는 시점에서 마히루의 마음을 들으니 반갑기도 하고, 본인에게 너무 무덤덤한 태도가 답답하기도 해서, 무심코 미간에 주름이 살짝 잡힌다.

"뭐, 그래서 마히루가 당장 원하는 물건은 별로 없다고 할까."

"작년엔 핸드크림과 인형이었지? 다른 걸 말한 적은 없어? 경향이라도 짐작할 수 있게."

"작년엔…… 응. 말하긴 했는데."

그야 뭘 원하는지 명확하게 말하긴 했지만.

"어? 그래서 그걸 안 구했다면, 그걸 주면 기뻐하는 거 아니야? 한 방에 해결되지 않아?"

"사지 않은 건 알지만, 저기, 뭐라고 할까."

"뭔데?"

© Hanekoto

"숫돌이란 말이지."

"어?"

"어?"

"숫돌."

고등학생의 일상에서 거의 나오지 않을 단어를 들은 이츠키와 치토세는 나란히 굳고는 "숫돌." 하고 그 단어가 무엇을 의미하는지 머리를 열심히 굴리는 듯했다.

(뭐, 일반적으론 무슨 뜻인지 떠올리지 못하겠지.)

친숙하기 이전에 기본적으로 요리하는 사람이 아니면 언급될 리가 없는 단어이므로, 두 사람이 어리둥절할 것도 예상했다.

5초 정도 생각한 치토세가 아마네의 눈치를 살피며 무척 의아한 기색으로 입술을 움직인다.

"밤중에 식칼을 슥슥 가는 그거?"

"밤중에 갈진 않을 것 같지만."

아무리 그래도 밤중에 말없이 식칼을 갈면 아마네도 식겁할 자신이 있다.

참고로 실제로 마히루가 숫돌을 쓰는 걸 본 적이 있고, 아마네의 집에 가져와서 가끔 칼을 갈아주기도 하는데, 어디의 장인이냐고 싶어질 정도로 눈에 힘을 주고 가는 걸 보고 '여고생이란 무엇인가' 하고 조금 눈빛이 흐려지고 말았다.

"마히룽, 엄청 실용적인 걸 원하네."

치토세도 상상해 봤는지 눈빛이 흐려졌고, 이츠키는 조금 질겁한 느낌으로 당혹스러워했다.

"당시 본인의 말로는 비싸서 지금은 괜찮다던데. 평생 쓸 물건이긴 하지만 사고 싶어질 정도는 아닌가 봐."

"그런 점이 무척 특이하네, 시이나 양은."

"뭐, 일반적인 여고생과는 아마도 원하는 게 다른 거야."

"치이는 은근히 이해하기 쉬운 편이니까."

"아하하. 안녕하세요. 일반적인 여고생이에요. 먹을 거나 쓰기 편한 생활용품, 소모품이면 돼. 그리고 화장품 같은 것도 주면 좋겠고."

"하지만 내가 주려고 하면 미묘한 표정을 짓는단 말이지."

"그거야 여자니까 화장품을 받으면 기쁘지만, 남이 주는 선물은 조금 도박이란 말이지. 나한테 어울리지 않는 색상을 주면 쓰기 곤란하고, 써서 이상해진 얼굴도 보여주기 싫으니까. 나한테 있는 거랑 취향이랑 사용감을 보고 고르고 싶으니까, 남한테 받는 건 좀~ 이런 느낌. 어지간히 나를 잘 알고 내가 원하는 걸 알아봐 준다면 또 모를까."

"그런 소리를 들으면 더 고민되는데."

물론 사람마다 어울리는 색상이 있는 건 알지만, 마히루는 뭐든지 어울린다고 생각하는 아마네가 고른다면 역시 도박 요소가 강하다는 현실을 깨닫고 말았다.

마히루는 화장품을 원하지 않으니까 조사하기 이전의 문제고, 치토세가 그 점을 말하지 않는 걸 보면 치토세한테도 말하지 않았을 가능성이 크다.

후보 하나가 부상했다가 허무하게 사라진 사실에 낙담을 금하지 못하는 아마네에게, 치토세가 "생얼이라도 무진장 미인인 게 화근이 됐네."라며 탄식했다.

"까놓고 말해서 마히룽이라면 아마네가 뭘 줘도 기뻐할 것 같은데, 그건 좀 아니란 거잖아?"

"당연하지. 내가 선물하면 소중히 여길 거라는 믿음은 있어. 하지만 그건 좀 아니잖아……. 그건 선물을 받았다는 사실에 기뻐하고, 소중히 여기는 거야. 나라는 요소를 빼고 마히루가 좋아하는 게 아니지. 이왕이면 마히루가 기뻐할 물건을 주고 싶어. 그게 기쁨도 두 배가 되잖아?"

이건 자만심이 아니라, 자신이 얼마나 사랑받는지 잘 알기에 마히루가 아마네가 준 거라면 뭐든지 기뻐하고 소중히 간직한다는 것도 잘 안다.

하지만 '아마네가 주었다'는 부가 가치에 중점을 두는 것이며, 마히루가 원했으니까 소중히 여긴다는 것과는 조금 다르다.

아마네는 마히루가 뭘 줘도 기뻐할 것을 알면서, 마히루가 원하는 것을 주고 싶었다.

"바다보다 깊은 애정이 느껴져……."

"챌린저 해연 수준?"

"그것도 바다잖아. 그리고 놀리지 마."

"하긴 그러네. 실수했어."

틈만 나면 놀리려고 드는 커플을 슬쩍 꾸짖어서 견제하고, 아마네는 스스로 선물할 만한 것을 부정하고 있다는 사실에 한숨을 푹 쉬었다.

"그래서 결국 어떻게 하면 좋을지 모르겠다는 말이야. 아까도 말했다시피 마히루는 기본적으로 정말 물욕이 없거든. 나한테도 원하는 걸 말하지 않아."

"뭐, 마히룽이 이것저것 갖고 싶다고 말하는 걸 본 적이 없는걸. '이게 좋네요.' 정도로 끝난단 말이지. 그것도 무진장 갖고 싶다는 느낌이 아니라, 인상이 좋다는 정도로."

"그렇겠지. 같은 여자인 치토세랑 다녀도 그 정도니까 나는 두 손 들었다고 할까…… 애인이라고 뭐든지 캐묻는 것도 좀 아니고 말이야. 게다가 마히루는…… 그게, 정말 사고 싶은 거라고 할까, 살 필요가 있으면 자기가 알아서 사니까."

마히루는 기본적으로 물욕이 없고 검약가이기도 하지만, 한편으로 필요하다고 판단하면 주저하지 않고 사는 과감함이 있다. 자신에게 꼭 필요한 것을 판단하고 구매하는 그 안목은 대단하다고 생각하지만, 남친으로서는 선물을 고르기 불편한 요소이기도 하다.

"아…… 마히룽은 필요 없는 건 전혀 안 사지만, 필요한 건 바로 사니까."

"시이나 양은 그런 면에서 철저하니까. 음. 시이나 양이 기뻐할 만한 건…… 둘이서 한 세트인 물건?"

"아, 그런 건 좋을지도. 집에서 쓰면 신경이 안 쓰일 거고."

"어디의 누군가가 손을 쓰는 바람에 잠옷이 한 세트고, 식기도 세트로 샀어. 열쇠고리는 마히루가 치렁치렁 다는 걸 별로 좋아하지 않고, 액세서리는 화이트데이에 줬고, 그…… 다른 데를 장식하는 물건은 내년으로 넘기고 싶다고 할까."

"아차. 동거 커플인 걸 깜빡했어."

"동거 아니야."

"아직?"

"노 코멘트……."

"어머나~."

"시끄러워."

"아직 안 말했는데."

"얼굴이 시끄러워. 이 대화를 정해진 패턴으로 만들지 마."

"따지는 건 아마네란 말이지."

"누구 탓인데?"

"워워. 너무 성질부리지 마."

확실하게 두 사람 탓이지만, 이 대화가 더 길어지면 수습할 수 없어져서 시간만 낭비할 테니까 불평을 도로 삼킨다. 그리고 다식은 이츠키의 감자튀김을 아무렇지도 않게 약탈하는 치토세에게 시선을 돌렸다.

"아무튼 뭘 선물할지 정하지 못하겠단 말이네."

"쉽게 정할 수 있다면 이 고생을 안 해. 이럴 때면 마히루의 과감함과 검소함이 후회된다고 할까."

"선물이라……. 시이나 양이 좋아할 만한 것을 주는 게 목적인 거지?"

"그래."

"그건 꼭 물건이어야 해?"

"아니…… 꼭 그렇진 않아."

기왕이면 형태로 남는 것을 선물하고 싶은 마음이 앞서는 바람에 두 사람과 상담하는 건데, 꼭 물건이어야 할 이유는 없다.

"그렇다면 마히룽이 바라는 일이나 데려가 주길 원하는 데 데려가는 거라도 좋을 것 같아. 물건에 집착하지 말고, 마히룽이 바라는 걸 들어주는 게 좋겠어."

"그렇군……."

마히루가 기뻐하는 생일로 만들고 싶다는 가장 큰 목표가 있는데 선물에 집착하는 바람에 본인이 바라는 것을 들어주는 것에 조금 소홀해졌을지도 모르겠다.

마히루의 생각을 더 파악한 다음에 정하는 게 좋으리라. 선물을 주더라도, 독선적인 선물을 줄 생각은 없으니까.

"즉, 내가 마히룽에게 그 언저리를 조사하면 되는 거지?"

"부탁합니다."

"흐흥. 나만 믿어. 안심하라고."

"걱정되는데."

"너무해!"

"미안해. 고마워."

"천만에."

의지해 주는 것이 기쁜지 치토세가 당당하게 "호호호, 더 많이 의지해."라며 의기양양하게 굴어서, 아마네는 그냥 무시했다. 이런 건 방치하는 게 제일 좋다는 사실을 알기 때문이다.

아니나 다를까 치토세가 입술을 삐죽거리는데, 그런 것보다 이츠키가 싱긋 웃으며 "나한테도 의지해도 되는데?"라고 평소보다 할 말이 많은 투로 속삭여서 그쪽에 의식이 쏠리고 말았다.

　"이미 의지하는 것 같은데."

　"아, 그건 그거야. 잇군은 아르바이트 건을 은근히 의식하고 있으니까."

　"야, 무슨 소릴."

　"이츠키 넌 의외로 그런 구석이 있단 말이지."

　고민하는 듯한 표정이었던 것은 아르바이트 상담에서 아야카에게 뒤처진 것을 은근히 의식한 탓인 듯하다.

　등짝을 세게 얻어맞은 이츠키가 "왜 치이까지 내 적이 된 건데."라고 다소 언성을 높여서 치토세에게 따지지만, 치토세는 지금이 놀릴 때라고 느낀 듯 평소에는 아마네에게 향하는 웃음을 이츠키에게 보였다.

　"어머, 적이라니. 토라진 잇군을 내가 위로했는데."

　"치이, 너 말이야."

　"이번에는 너한테 제일 먼저 상담한 거니까 기분을 풀어."

　"내가 꽁해진 것처럼 해석하니까 마음이 복잡한데요!"

　"그러면 지금은 괜찮은 거야?"

　"둘이 달라붙어서 놀리니까 기분이 나쁩니다요."

　점점 부끄러워진 듯 고개를 홱 돌린 이츠키의 귀가 살짝 빨개진 것을 확인한 아마네와 치토세는 피식 웃고, 아마네는 이마를, 치토세는 어깨를 쿡쿡 찔렀다.

"내 마음을 조금은 알겠지?"

"끙……. 앞으로는 조금 조심하겠습니다."

"조금이 아니라 똑바로 조심하라고, 바보야."

"혼났대요~."

"너도 똑같아."

"너무해. 훌쩍. 잇군, 아마네가 괴롭혀~."

"오늘은 치이가 배신했으니까 난 몰라."

"어어?!"

이번에는 이츠키에게 배신당한 치토세가 조금 완고해진 이츠키의 어깨를 흔드는 것을 보며, 아마네는 더 참지 못하고 소리를 내 웃었다.

제3화   다가오는 면담과 각자의 고뇌

"삼자면담이라."

이츠키와 치토세가 최대한 스리슬쩍, 빙빙 돌아가며 마히루를 조사해 주는 것에 감사하며, 아마네는 아르바이트 일에 전념하면서도 되도록 마히루의 눈에 띄지 않게끔 조금씩 생일 준비를 하고 있었다.

그러던 어느 날, 학생들에게는 별로 반갑지 않은 안내문이 돌았다.

문화제가 끝날 즈음에 보호자의 일정 확인과 두 번째 진로 희망 조사가 이루어졌는데, 11월이 되면 본격적으로 대학 입시를 대비한 수험생과 학교 측의 상담이 필요했다.

이번에는 보호자 동반으로 재차 희망 진로를 확인하고, 학력과 생활 태도에 맞춰 상담하게 되리라.

용지를 슬쩍 보고 확인해 보니 아마네는 제법 초반에 면담이 잡혀 있다. 어머니 시호코에게 일찍 전달하는 게 좋으리라.

삼자면담이 예정된 기간에는 일을 뺄 수 있다며, 처음부터 시호코기 오기로 했다. 멀리시 예징을 맞춰 주는 건 고맙시란, 솔직히 내키진 않았다.

(아주 신나서 찾아올 것 같은걸.)

기본적으로 아들이라고 할까, 마히루를 예뻐하고 돌보고 싶은 어머니, 시호코라면 이쪽에 올 예정이 생기면 기꺼이 의기양양하게 찾아올 것이 뻔했다.

"으엑. 어머니가 올 수 있는 때가 아니니까 아버지한테 부탁할 수밖에 없잖아. 최악인걸."

그리고 그것과는 다른 이유로 귀찮아하는, 그 이전에 혐오감도 드러내며 안내문 용지를 조명에 비추고 질색하는 것이 이츠키다.

HR 시간이 끝나서 해산했는데도 자리에 남아 떫은 표정을 지으니까, 어지간히 싫은 거겠지.

이츠키가 너무 알아보기 쉬운 태도로 얼굴에 싫다는 뜻을 드러내는 한편, 아마네는 그 정도로 거부감이 들진 않으니까 눈꼬리를 내리고 웃을 수밖에 없다.

"너는 진짜 다이키 씨 얘기만 나오면 거부감이 강한걸."

"이번에는 어쩔 수 없잖아. 삼자면담 뒤에 궁시렁댈 게 뻔하니까. 성적이 어떻니, 소행이 어떻니, 희망 대학은 이쪽으로 하라느니 말이야."

아마네가 아는 다이키 씨와 이츠키가 아는 다이키 씨는 대하는 감정과 보이는 인간성이 다르니까 동의할 수 없지만, 이츠키에겐 자기 아버지가 그런 존재니까 받아들일 수밖에 없다.

치토세도 근처로 다가와 "우웅." 하고 조금 난처한 기색을 보인다.

"나는 엄마가 올 예정이니까. 엄청나게 꾸밀 것 같은걸."

"우리 어머니도 말이지……. 그 이전에 보호자들은 왜 그렇게 극성인 걸까. 마치 싸우러 가는 것처럼 열심히 준비하는 사람이 꼭 있단 말이지."

실내에서 입는 평상복 차림은 너무 긴장이 풀린 거겠지만, 진짜로 의욕이 넘친다는 식으로 차려입고 와도 옆을 걷는 자식으로선 영 내키지 않는다. 그리고 너무 익숙하지 않은 차림새에 거북해지기도 한다.

시호코는 업무상 정장을 자주 입어서, 아마네는 굳이 따지자면 익숙한 편이다. 하지만 이번에는 역시 단단히 차려입고 나타날 것 같아서 지금부터 조금 조마조마하다.

"그야 실제로 싸우는 거나 다름없잖아? 자식이 치열한 전쟁에 참전하는 거니까."

"대학 입시가 전쟁터인 건 이해하지만."

"게다가 역시 잘 꾸미고 싶은걸. 학교에서 자식의 동급생들이 볼 수도 있으니까, 같이 있을 때 이런저런 소리를 들으면 자식으로서도 싫잖아? 아이와 자기가 창피하지 않게 하려는 마음도 있을 거야."

"그건 이해하겠지만…… 우리 어머니는 무진장 의욕적으로 꾸미고 올 것 같아."

"아하하, 왠지 상상이 잘되는걸."

"평범하게 해달라고, 평범하게……."

때와 장소를 생각해서 차려입을 건 확실하지만, 마히루를 만날 기회가 생긴다는 점, 아들의 장래를 위한 상담이라는 점, 아마네의 아버지 슈토의 모교라는 점 등의 요소를 더하면, 아무리 생각해도 의욕이 넘칠 거라는 결론에 이르는 것이 슬프다.

상상하면 조금 맥이 빠지니까, 아마네는 일단 시호코를 잊기로 하고, 지금은 이 자리에 없는 마히루의 자리를 슬쩍 봤다.

마히루는 도서관에 볼일이 있다며 자리를 비웠는데, 방금 대화를 들으면 마음이 편하지 않을 테니까 없어서 다행이라는 생각도 들었다.

(이런 건 설불리 건드릴 수 없단 말이지…….)

마히루의 부모님이 이런 자리에 왔다는 말을 들은 적이 없다. 만약 학교를 방문했다면 누군가가 목격해서 화제가 되었을 테니까, 십중팔구 오지 않았을 것으로 예상한다.

애초에 마히루가 삼자면담 이야기를 전달했을지도 의심스럽다.

마히루가 자기 부모님에게 품은 감정, 그리고 그들이 마히루에게 드러낸 감정을 생각하면 정보를 하나도 전하지 않는 것을 택할 것 같다.

말하면 아버지인 시이나 아사히 씨는 올지도 모르지만, 마히루가 거절할 것도 예상할 수 있다. 마히루는 아사히 씨의 존재와 간섭은 이미 필요 없다고 내던질 것 같으니까, 역시 전달하지 않는 것을 택할 듯하다.

"뭐, 나도 내 면담을 상상하면 우울해지니까 그만 생각하자! 그나저나 대감님, 그 정보를 슬쩍슬쩍 알아내서 왔습니다요.

혜혜혜."

분위기를 바꾸는 것처럼 밝게 말한 치토세가 서서히 목소리를 낮추며 음흉하게 웃는다. 아마네는 "표정 관리해."라고 딴지를 걸면서도 속으로 마히루가 오기 전에 화제가 바뀐 것에 안도하며 치토세가 손에 든 메모를 살펴봤다.

원래부터 희망하는 날짜를 얼추 정했기에, 삼자면담 날은 생각했던 것보다 일찍 찾아왔다.

삼자면담은 방과 후에 하니까 시호코도 방과 후 지정된 시간에 오기로 했다. 하지만 방문객용 현관에 서 있는 모습을 멀리서 확인한 순간, 아마네는 '아, 진짜 힘쓴 차림이네.' 라고 눈치채고 말았다.

기본적으로 시호코는 잠자코 있으면 자상하고 차분한 여성으로 보인다. 하지만 오늘은 그 부드러운 느낌보다 씩씩한 느낌을 우선한 바지 정장과 화장으로 꾸몄다. 굳이 말하자면 일하러 가는 시호코를 더 세련되게 꾸민 상태다.

보면 저절로 자세가 바로잡힐 것 같은, 평소의 시호코로는 상상할 수 없을 정도로 범접하기 힘든, 빠릿빠릿한 분위기를 풍기고 있다.

자기 어머니이지만 쓸데없이 젊고 나이와 어울리지 않은 감이 드러나는 차림이어서, 동아리 활동이 있어서 남은 학생들이 지나가면서 힐끗힐끗 보고 있었다. 아마네로선 도저히 다가가기 힘든 상태다.

다만 주저해도 면담 시간을 바꿀 수는 없으니까, 마음을 굳게 먹고 "어머니."라고 부르자, 시호코가 활짝 웃는다.

"어머, 아마네. 대충 한 달 만에 보니? 잘 지내는 것 같아서 다행이야."

웃으면 아까 표정과 분위기가 싹 날아가는 것이 시호코답다.

무심코 힘이 빠지는 아마네가 재밌는지 "어머나. 엄마를 보고 기뻐서 힘이 빠진 거니?"라며 터무니없는 소리를 하니까, "그럴 리가 없잖아."하고 눈을 흘겼다.

당연하지만 단단히 준비하고 왔어도 내용물은 여전한 듯하다. 티 없이 시원시원하게 웃은 시호코는 천천히 복도를 걷기 시작했다.

예정된 면담 시간보다 한참 이른 시간인 데다가 구조를 거의 모르는 건물에서 시호코가 이동한 건 아마네가 적절히 안내해 줄 것을 알기 때문이리라.

아마네는 한숨을 쉬고 시호코를 따라잡았다.

"얘도 참. 볼일이 없으면 연락도 안 하니까 곤란해."

"볼일이 없는데도 연락할 일이 있어……?"

"어? 같이 수다를 떨어도 되잖니."

"어머니의 잡담은 진짜 쓸데없는 것 같기도 한데."

대화하기 싫은 건 아니지만, 시호코의 기운이 넘쳐서 하나를 말하면 열 개로 돌아오는 일이 흔하니까 대화하다 보면 지칠 때가 많다.

"수다는 원래 그런 거야. 커뮤니케이션이 메인이잖니?"

"적당히 해줘. 그리고 몰래 마히루에게 사진을 보내지 마."

"어어?"

"왜 그런 소리가 나와."

한 번 혼냈는데도 몰래, 아무렇지도 않게 마히루에게 흘러가는 사진이 있다. 그러니 다시 한번 단호하게 거부해야만 한다.

"그러면 아마네랑 마히루짱이랑 내가 그룹을 만들어서 공유할게. 그러면 몰래 하는 게 아니야."

"내 의견은 어쩌고!"

"농담이야."

전혀 농담으로 들리지 않는 말을 태연하게 해서 인상을 잔뜩 찌푸리자, 시호코가 "어머, 젊을 때 그러면 나중에 얼굴에 남을 걸."이라고 말했다. 아마네는 아무튼 나이를 먹고 나서 얼굴에 주름이 생기면 어머니 탓이라고 생각하기로 결심했다.

"그래서 말인데, 학업은 잘하고 있는 거지?"

겨우 얼굴에서 주름이 사라진 타이밍에, 시호코는 여전히 편안한 말투로 물어봤다.

"지금까지의 성적표를 보면 알 텐데."

아마네는 기본적으로 시험 성적표, 통지표 같은 것을 전부 부모에게 보내서 전혀 감추지 않으니까 시호코가 모를 수가 없다.

"그래도 역시 본인 시점과 선생님 시점이 다를 수도 있으니까. 본인의 말도 듣는 게 낫지 않겠니?"

"나름대로 노력하고 있어. 적어도 노력을 게을리한 적은 없다고 생각해. 나 자신에게 부끄럽지 않게끔 산다……고 말할 수는 없을지도 모르지만, 그러려고 노력하곤 있어."

1학년 때는 원래부터 성실한 기질임을 스스로 알았고, 성적도 나름대로 좋았다. 하지만 목적도 없이 그저 성적 유지를 원해서 애썼을 뿐이다. 특별히 하고 싶은 일이 없고, 해야 하는 일도 없지만, 학생은 원래 그래야 한다는 생각으로 공부했을 뿐이다.

2학년이 되고 나서, 그 의식이 달라졌다.

마히루의 옆에 있어도 부끄럽지 않도록. 그리고 자기 자신을 긍정할 수 있도록. 장래를 위해서, 아마네는 확고한 의지를 품고 노력하게 되었다.

마음가짐이 달라진 셈이다.

아무 생각도 없이 성적을 유지하는 것이 아니라, 자기 자신을 위해서 명확하게 노력할 수 있게 되었다는 점이 가장 큰 변화라고 할 수 있지 않을까.

동기나 마음이 긍정적으로 변해 의욕이 달라졌고, 올해 성적은 1학년 때보다 좋아졌다. 이런 식으로 가면 기말 평가도 좋을 것으로 예상해서, 그것이 의욕을 더 끌어올리고 있었다.

"응. 그건 알지만."

"저기요……."

"아마네는 한번 마음먹은 일은 끝까지 해내는 사람이잖아."

그렇다고 전혀 의심하지 않는다. 올곧은 그 말이 계속되려던 아마네의 불평을 막았다.

"우리 아들이니까. 17년 동안 봐서 잘 알아. 너는 그런 면에서 성실하고, 지금껏 진심으로 임한 일에는 뭐든지 성과를 냈을 거야. 게다가."

"게다가?"

"마히루짱이 있는데 대충 할 순 없잖니? 남자는 여자 앞에서 좋은 모습을 보이고 싶은 법이니까."

장난기를 살짝 담아서 찡긋 웃는 시호코에게, 아마네는 입술을 꾹 다물고 고개를 홱 돌렸다.

"말이 많네요. 자, 시간이 다 됐으니까 가자."

"어머나."

추가로 "정곡을 찔렀을까?"라고 군소리가 들린 것 같기도 하지만. 아마네는 그 언저리를 전부 무시하고, 웃고 있는 시호코를 안내하듯 아까보다도 걸음을 더 빨리했다.

삼자면담 자체가 원래 10분에서 15분 정도로 짧게 예정된 것도 있지만, 정말 쉽게 풀려났다.

아마네 자신이 굳이 따지면 우등생으로 알려진 점과 성적에 문제가 없다는 점, 그리고 희망하는 대학의 성적과 지금의 성적에 큰 격차가 없다는 점이 맞물려서 이야기가 매우 빠르게 진행됐다.

3학년이 되기 전, 다시 말해 대학 입시를 대비한 2학년 마지막 삼자면담을 위해 시간을 꽉 채워서 이야기할 줄 알았는데, 결국에는 담임과 아마네, 시호코의 뜻을 확인하는 정도로 그쳤으니까 김이 샐 수밖에 없다.

인사하고 면담실을 나와 조금 걸었을 때, 시호코는 조금 전까지 성실했던 보호자의 탈을 벗어 던지고, 평소처럼 시원시원한 웃음을 띠었다.

일단은 어머니로서 긴장했던 탓도 있었겠지만, 담임에게 들은 평가가 좋아서 안심한 것이리라.

"고생했어. 선생님이 봐도 학교에서 잘 지내는 것 같아서 다행이야. 뭐, 걱정하진 않았지만, 선생님에게 직접 들으니까 생각했던 것보다 노력하는 것 같아 기뻐."

"애초에 학업에 애쓰는 것이 자취의 조건이었잖아."

동기는 1학년 때와 2학년 때 사이에서 하늘과 땅만큼 차이가 있지만, 성적 자체는 1학년 때도 좋았다.

지금 와서 집으로 돌려보낼 거라곤 전혀 생각하지 않지만, 약속한 게 있으니 잔소리를 듣지 않게끔 하는 것이 도리이리라.

"아, 그렇게 말해야 조금은 긴장할 것 같아서 그런 건데. 안 말해도 잘할 거라곤 생각했거든? 우리 아마네는 이러니저러니 해도 성실하니까."

"뭐가 문제인데."

"어머, 평소에는 성실하지만. 뭐라고 할까, 무덤덤한 성격이라서 얼핏 보면 의욕을 파악하기 어렵다고 할까? 지금은 긍정적으로 한 가지 목표에 만족하지 않고 계속해서 목표를 찾아 붙잡아 가는 성실함이라고 할까? 파워업? 좋은 일이라고 봐."

"그것참 고맙네요……."

"1학년 때보다 성적이 쑥 오른 것 같으니까, 나는 잔소리할 게 없어. 의욕 스위치도 옆에 있는 것 같고."

"딱히 마히루를 위해서가 아니야. 나를 위해서 하는 거야. 뭐, 마히루를 보면 나도 노력해야겠다고 힘이 난다고 할까, 불이 붙는 건 사실이지만."

굳이 따지자면 성실한 편이라는 자각이 있지만, 마히루와 비교하면 우스울 정도로 노력에서 차이가 난다.

아마네는 마히루만큼 자신을 잘 다스리는 사람을 본 적이 없고, 평판에 걸맞은 능력을 뒷받침하는 노력이 엄청난 것도 안다.

마히루는 이미 고등학교에서 배우는 범위를 거의 다 학습하고 대학 입시 공부와 기초 다지기로 넘어갔으니까, 그 노력은 이루 헤아릴 수 없으리라.

본인은 '편해지려는 노력은 별로 힘들지 않아요.' 라고 무덤덤하게 말하니까, 너무 무리하는 게 아닐지 아마네가 걱정할 정도다.

그런 마히루의 곁에 있기에 더욱 자극받는다고 해야 할까.

마히루가 노력하는데 자기 혼자 적당히 타협하는 어리숙함이 싫어서, 자연스럽게 마히루를 따라서 자기계발을 거듭하고, 학습에 임하게 되었다.

"서로 절차탁마할 수 있는 사이는 참 좋은걸. 여러 의미로 뜨겁구나."

"저기요."

"어머, 째려보지 말렴. 칭찬하는 거야. 마히루짱이랑 사이가 좋으면 잘된 일인데, 뭐가 불만이니?"

"나에 대한 인식과 나한테 장난치는 거."

굳이 따지자면 아마네는 또래 아이들과 비교해 신기하게도 어머니와 사이가 양호한 편이지만, 불만이 전혀 없는 건 아니다.

(우리 어머니는 괜한 짓을 많이 하니까 말이지.)

일부러 그러는 건지, 원래 그런 성격인지, 아니면 어떻게든 마히루를 딸로 삼으려는 건지.

어느 하나거나, 혹은 전부거나. 시호코는 마히루가 엮이면 아마네를 보챈다고 할까, 충동질하려는 구석이 있다.

"어머, 너무하구나. 가벼운 커뮤니케이션인데."

"상대가 싫어하는 걸 자꾸 하는 건 커뮤니케이션이 아닙니다."

"알았어. 알았대도. 내가 잘못했어."

그렇게 말하면서도 미안한 기색이 없으니까, 아마네는 인상을 찡그린 다음에 대놓고 한숨을 쉬어서 아주 조금 죄악감을 느끼게 하는 것으로 끝냈다.

반성하지 않은 눈치로 복도를 경쾌하게 걷는 것을 보고 이마를 짚으며 왔던 길로 돌아가는데, 문득 시호코가 발걸음을 멈추고 창밖을 본다.

아마네도 덩달아 걸음을 멈추자, 그때까지 전혀 의식하지 않았던, 동아리 활동 중인 학생들의 구령이 들렸다.

지시를 전달하기 위해 목청껏 외치는 목소리. 호흡을 맞추기 위한 함성. 뭔가 좋은 성과를 거뒀는지 신나게 부르는 쾌재. 신호를 보내는 호각 소리. 그것과 섞여서 어디선가 교실에서 들리는 관악부 연주가 마치 그들을 응원하는 것 같다.

"좋구나. 청춘의 소리는."

눈부신 것처럼 저 멀리 보이는 작은 학생들을 구경하며, 시호코는 조용히 웃었다.

"그건 그렇고, 일단 아마네는 앞으로 대학 입시를 대비해서 본격적으로 공부할 거지?"

뭔가 느끼는 게 있는지 물어보려고 했을 때는 시호코가 이미 평소 표정으로 돌아와 변함없는 눈빛으로 아마네를 쳐다봤다. 이제는 물어봐도 대답해 주지 않겠지.

아까 본, 쓸쓸함과 부러움이 뒤섞인 듯한 눈빛은 이제 잊기로 했다.

"당연하지. 추천 입학생들은 1년 뒤에 입시가 시작되거나 이미 끝난 학생도 있으니까. 시간적 여유는 이제 1년밖에 없어."

그렇다면 아르바이트는 무모한 게 아닐까. 그런 의문이 저절로 떠오르지만, 의미가 없으니까 내던졌다. 스스로 양립하는 길을 택했으니까, 오기를 부려서라도 양립시켜야 한다.

"그러면 내년에는 바빠지겠구나."

"고2에서 고3은 대체로 그렇겠지. 예정이 꽉 차는 건 내키지 않지만."

"슬프지만, 수험생이라면 누구나 거치는 길이구나."

누구든 좋아서 공부하고 싶은 게 아니다. 해야만 하니까. 그리고 자신을 위해서 해야 한다고 생각하니까, 진지하게 입시를 준비하는 거다.

그 각오가 됐으니까 바빠지는 것도 납득한 아마네에게, 시호코는 "그것도 다 이해했으니까 정말 다부지구나."라며 웃었다.

"올해 겨울에는 집에 오렴. 내년에는 입시 공부가 있어서 여유가 없을 테니까."

"나도 알기는 하지만, 지금부터 나중을 생각하면 조금 우울해지는걸……."

"후후. 떨떠름한 얼굴이네. 뭐, 즐거운 일은 아니야. 나도 현역 시절에는 지옥을 봤거든."

"어머니는 머리가 좋았던가?"

"그건 나를 무시하는 뜻으로 하는 말이니?"

"왜 그렇게 생각하는데! 당시 성적을 말한 거야!"

적어도 지금의 시호코는 지능 지수가 높은 편일 테고, 여러모로, 조금 쓸데없는 지식도 포함해서 지식이 풍부하며, 이성적으로 말할 줄 아는 편이다.

아마도 일반적으로 보면 똑똑한 부류일 것 같지만, 학업 성적이 어땠는지는 상상할 수 없다.

한 번 토라지면 뒤끝이 긴 것은 태어나고 17년 동안 잘 알아서 오해를 풀려고 허둥지둥 말하는 아마네를 한순간 싸한 눈으로 본 시호코는 "정말이지."라는 한마디 말로 끝내준 듯하다.

"음, 슈토 씨와 비교하면 내가 덜 똑똑하지만, 당시 성적을 말하면 평범하지 않았을까? 나는 이렇다 할 만큼 특출나게 잘하는 게 있었던 것도 아니니까, 일반적인 학생이었을걸?"

"일반적……."

"왜 의심하는 눈으로 보니. 이래 보여도 수수하고 얌전한 여자애였는데."

"수수하고 얌전한……."

이 성격에 화사한 걸 좋아하는 시호코가 수수하고 얌전했다고 하면 사칭 같다.

"아까부터 말하고 싶은 게 있으면 똑바로 말하지 그러니?"

"아무것도 없습니다."

"얘도 참."

시호코가 눈을 흘기긴 해도 아마네가 괜한 소리를 하면 더 화낼 게 뻔하니까, 자기 어머니를 어떻게 다뤄야 할지 잘 아는 아마네는 침묵을 택했다.

고개를 홱 돌리자 시호코는 더 추궁해도 소용없음을 깨닫고 "못 말리는 아이구나."라고 중얼거렸지만, 아마네는 끝까지 모른 척하는 태도를 보였다.

"아무튼 딱히 우수하지도 않고 남들이 칭찬할 정도로 성실하지도 않았으니까, 진로를 정하긴 했어도 급하다 보니 입시 준비를 서둘러 꾸역꾸역 했거든. 당시엔 엄청났어. 인상이 달랐을 거야."

"인상?"

"아무튼 죽을상이라고 할까, 얼굴에 여유가 없었을 거야. 당시의 친구들도 내가 살벌했다고 할까, 뭔가 광기가 어린 것처럼 무서웠다고 했으니까."

얼굴에서 온화한 분위기가 나는 사람이 친구에게 살벌하다는 소리를 들은 것은 이상하게도 뜻밖으로 여겨지지 않아 시호코를 보지만, 시호코는 그런 낌새를 전혀 보이지 않고 "뭐, 계획성이 없었다고, 지금이라면 말할 수 있지만." 이라며 평소 표정으로 아무렇지 않게 고개를 끄덕였다.

자식이 본 어머니와 친구가 본 어머니의 인상이 다른 것은 흔한 일이지만, 광기 어린 시호코의 얼굴은 조금도 상상할 수 없었다.

지금의 시호코는 명랑한 웃음을 얼굴에 띠고, 아마네의 시선을 느끼고 어깨를 으쓱했다.

"뭐, 나랑 다르게 아마네 넌 사전 준비가 필요하다는 걸 잘 알고, 평소 성실하고 꾸준하게 기초를 주입하는 성격이니까 너무 걱정하진 않아. 실수하지 않을 거라고 믿고, 자기 실력을 알고서 선택한다는 걸 아니까."

"그건 당연하지."

"입시 대책을 어떻게 할지 어느 정도는 잘 정했지?"

"물론 희망 대학의 입시에 맞춰서 정했어."

"아마네 네가 원한다면 어디든 좋지만, 부모니까 역시 궁금해져. 우리한테 많이 말하지 않는 건 어쩔 수 없지만, 목표가 있다면 직접 말해 주는 편이 응원하기 편한걸?"

부드러운 목소리로 다그치는 게 아니라 자상하게 말을 걸면, 자신이 몹시 나쁜 짓을 한 듯한 죄악감에 가슴이 따끔거린다.

이 자리에서 말하지 않아도 시호코는 원망하지 않을 테지만, 부모로서 걱정하는 마음에 하는 말이라는 것도 자식으로서 잘 아니까, 아마네는 망설이면서도 자기 마음을 정리하고자 천천히 눈을 감았다.

"목표라고 할까……. 솔직히 마히루랑 불편하지 않게 살고 적당히 여유가 있는 좋은 직장을 찾을 수만 있다면 별로 가리진 않아."

일단 상담했다고는 해도 거의 독단으로 정한 대학과 학부는 꼭 거기여야 한다는 집착이 있는 게 아니다.

"하고 싶은 일이 아니라, 내 실력을 고려해서 취업에 가장 유리한 대학의 학부를 택했다는 자각은 있어. 물론 최소한의 관심이 있는 분야라는 것이 제일 첫 조건이지만."

아마네가 고른 것은 자신이 배우고 싶은 분야를 배울 수 있는 곳 중에서 지금의 학력과 앞으로의 노력으로 붙을 것 같고, 나아가 취업에 유리한 대학이다.

장차 일하고 싶은 직장, 대학에서 하고 싶은 일이 확실한 다른 학생들과 비교하면 아마네의 선택 방식은 어중간한 쪽으로 기울었다.

아마네 자신도 그걸 아니까 적극적으로 말하고 싶지 않았다.

물론 대학 입시에서 노력할 각오는 있고, 자기 자신에게 부끄럽지 않도록 애쓸 마음이지만, 장차 되고 싶은 것이라고 하면 갑자기 자신감이 사라진다.

"첫 번째가 사회인이 되었을 때의 여유로운 생활 유지, 두 번째가 시간적 여유, 마지막이 직업에 대한 개인적 취향. 좌우지간 불편하지 않게 살고 싶다는 것이 내가 생각한 조건이니까. 그야 대학은 원래 전문 분야를 배우러 가는 곳이긴 하지만, 그것만으로 정할 만큼 나한테 열정이 있는 건 아니라고 할까……

더 나중을 우선해서 생각하는 거야."

대학에 합격하려는 열의는 있지만, 다음에 뭘 어떻게 할지의 비전도, 거기서 배우고 싶다는 열정도, 아마네에게는 아직 없었다.

열의가 있는데도 없다고 하는 모순에 안팎으로 끙끙댈 수밖에 없는 아마네에게, 시호코는 분노나 슬픔을 드러내지 않고 그저 '그렇구나.' 라고 말하는 것처럼 조용히 아마네를 바라본다.

"꿈이 있는지 없는지 모르겠구나. 그렇게 현실주의 같은 부분도 아마네다워."

"현실주의라고 할까, 확실하게 정하지 못해서 조건을 늘어놓은 거야."

처음부터 뭔가를 하고 싶어서 졸업 후에 이 직업을 선택할 예정으로 조건을 정하고, 기업을 비교해서 고르는 일은 지금의 아마네에게 불가능할 것 같다.

"뭘 하고 싶다고 명확하게 정하는 사람들이 부러워. 나는 고향에서 멀어져 조용히 살고 싶어서 아버지의 모교에 온 거니까. 익숙해지고, 내가 있을 곳을 만든 것은 잘된 일이지만……결국 이렇게 되고 싶다, 이걸 하고 싶다고 하는 비전은 별로 없어."

"나도 제법 생각 없이 즉흥적으로 미대에 갔으니까 뭐라고 할 수는 없지만, 아마네 네가 후회하지 않게끔 정하렴. 네 인생이니까."

"알아. 인생의 중요한 선택인 건."

학창 시절에 인생의 기반이 어느 정도 완성된다는 것은 잘 안다. 그렇기에 자신은 정하지 못하고 우물쭈물하는 것이다.

이럴 때 아마네의 부모님은 자식의 자주성을 존중하니까, 모든 선택권이 자신과 자신의 실력에 달렸다는 것이 불안을 느끼게 한다.

부모가 진로를 정하거나 금전적인 문제로 진학을 단념해야 할지도 모르는 학생과 비교하면 정말 배부른 고민일지도 모르지만, 자유가 있기에 스스로 책임져야 한다는 의식이 더 강해진다.

자기가 선택했다면 심하게 실패해도 자기 책임이다.

"우리는 독립할 때까지만 간섭할 거고, 그때부터는 둘이서 살아갈 거잖니? 아마네 네가 앞으로 헤쳐 나가야 하는 길이니까, 잘 고민하고 정해."

"알아요."

"뭐, 되고 싶은 거나 하고 싶은 일은 휙휙 바꿀지도 모르지만, 그때 그 길을 선택하면서 고생하지 않을 정도로는 지식과 기술을 익히렴. 손에 쥔 패를 늘리는 것이 학생일 때 우선해야 하는 사항이야. 나중에 늘리려고 해도 시간과 돈이 부족해질 때가 많으니까, 부모를 의지할 수 있을 때 의지하는 거야."

"응……."

"걱정하지 마. 이래 보여도 나랑 슈토 씨가 힘을 합쳐서 돈을 단단히 모았으니까. 우리는 네가 혼자서 무사히 홀로서기를 할 수 있도록 많은 걸 모았어. 마음껏 의지하렴."

어디까지나 아마네의 자유를 존중하고, 믿고, 힘을 보태주는 자세를 고수하는 시호코는 아마네의 고민을 이해하면서 등을 떠밀어 주는 것이리라.

평소 난처한 사람으로 여기면서도 이럴 때는 본질적으로는 훌륭하고 포용력이 있는 어머니임을 이해하게 되어서, 아마네는 가슴속에서 은은하게 퍼지는 열기를 느꼈다.

시호코 본인은 아마네의 감동과 감사를 아는지 모르는지, 평소처럼 미소를 짓고 자신감이 넘치는 모습으로 가슴을 두드리고 있다.

"후후. 아마네는 혼자 애쓰려고 하니까, 조금은 의지하렴. 아, 하지만 공부를 나한테 의지하면 조금 불안하니까 그건 슈토 씨한테 부탁해."

"그걸 자신에게 의지하라고 단언하지 않는 게 어머니다워."

"뭐든지 적재적소가 있으니까."

"그건 공부에 관해서는 자신이 없다는 걸 긍정하는 셈인데."

"뭐라고 했니?"

"아무 말도 안 했습니다."

"애도 참. 아, 그 대신에 패션에 관해서는 얼마든지 물어봐도 되는걸? 아마네를 위해서라면 엄마도 애쓸 건데?"

"사양하겠습니다."

"애가 진짜!"

찰싹. 제법 묵직한 소리와 충격이 등에 전해졌지만, 아픔을 유발하지는 않았다. 오히려 속에 쌓이고 뭉친 불안으로 소심해졌던 자신의 등을 말 그대로 떠밀어 주고, 자신도 모르게 막혔던 마음속을 휘저어 주는 바람이 분 것 같았다.

제법 무덤덤하다고 생각하는 자신도 우울해질 때가 있다며 자기가 생각해도 조금 황당해할 정도로 여유가 생긴 아마네는, 한없이 시원하게 웃는 시호코를 따라서 작게 미소를 지었다.

"자, 마히루짱이 있는 곳으로 가 볼까. 마히루짱 면담은 오늘이니?"

"마히루는 내일."

시호코는 별다른 생각 없이 말했겠지만, 아마네는 더 말할 수 없었다.

삼자면담이란 이름의 일대일 면담이 될 것은 예상했으니까, 언급했다간 마히루에게 작은 가시가 꽂힐 것 같아서.

시호코도 사정을 어느 정도 알아서 그런지 아마네가 불안하게 여긴 것을 말하지 않고 "어머, 그러니? 오늘이면 같이 집에 가는 길에 쇼핑도 할 수 있었는데."라며 아쉬워하는 기색을 보이기만 했다.

"그러면 집에서 인사해 볼까. 요전번에도 봤는데, 왠지 오래간만인 기분이야."

"그렇게 해 줘. 마히루도 기뻐할 거야."

"후후후. 만나는 건 막지 않는구나."

"막아도 소용없고, 애초에 마히루도 어머니를 보면 기뻐하니까 내가 막을 리가 없잖아."

시호코가 이상한 소리를 할지 모른다는 걱정과 마히루가 순수하게 잘 따르는 시호코를 만나서 기뻐하는 것, 당연히 후자를 골라야 하겠지.

원래부터 응석을 잘 부리는 느낌이 드는 마히루가 솔직한 모습을 보일 수 있는 사람은 애인인 아마네나 어머니처럼 따르는 시호코 정도라서, 그런 마히루가 소중한 사람과의 재회를 거부할 리가 없다.

그렇다 쳐도 시호코가 이상한 지식을 주지 않을지 여전히 걱정되므로, 곁에서 지켜보는 건 결정된 사항이지만.

(마히루가 순진한 걸 이용해서 가끔 이상한 소리를 하니까 말이지.)

슈토가 말리지 않으면 참지 못하고, 신이 나서 마히루에게 아직 이른 정보와 아마네와 관계가 있는 쓸데없는 지식을 마히루에게 전달하니까, 그 부분은 아들에게 신뢰도 뭐도 없는 시호코다.

"진짜 착해졌구나."

"어머니가 차분해지면 더 착해질 수 있어."

"차분하지 않다니, 말이 심하구나."

"제발 목소리를 더 낮춰. 그리고 몸짓은 조금 자제해 줘. 그러고 나서 이야기해."

아들 앞에선 나이보다 무척 젊은 언동을 보이기 일쑤니까, 그걸 자제해 주면 더 존경할 수 있는데. 그건 차마 말하지 않고 생각하기만 했을 때, 시호코는 어깨를 으쓱하고 아마네가 신경질적이라고 군다는 듯한 표정을 지었다.

"귀여움이 없어졌어⋯⋯."

"원래부터 없었으니까 마음대로 말해."

"어머, 그런 점이야. 어라⋯⋯."

"어?"

먼저 눈치챈 사람은 시호코였다.

눈을 빠르게 깜빡이고 복도로 시선을 옮긴 시호코에게 이끌려 아마네도 고개를 돌리자, 낯익은 두 사람이 있었다.

한 사람은 웬일로 교복 단추를 다 채우고, 아무리 좋게 봐도 대놓고 언짢아 보이는 이츠키.

나머지 한 사람은 잘 다린 정장을 빈틈없이 차려입은, 문화제 이후로 다시 보는 신사.

이츠키를 보는 눈빛에는 인자함이 하나도 없고 매섭지만, 아마네와 시호코가 있는 것을 알아챘는지 이츠키 아버지, 아카자와 다이키는 두 눈에 온기를 담고 온화하게 미소를 지었다.

"안녕하세요. 문화제 이후로 보네요."

"그래. 후지미야 군, 그리고 어머님도. 잘 지내는 것 같군."

자기 아들에게는 절대로 보이지 않을 미소를 보고 이츠키가 "웩." 하고 작게 투덜거리는 것을 따져야 할지는 모르겠지만, 아무튼 이츠키의 기분이 몹시 나쁜 건 확실하다.

원래부터 뜻이 안 맞는 걸 알고 이츠키의 가정 사정도 본인에게 들었으니까 아버지와 반발하는 건 이해할 수 있지만, 오늘은 더욱 불똥을 튀기는 것처럼 보인다.

(여기 오기 전에 한바탕한 거겠지⋯⋯.)

삼자면담 안내문이 나온 시점에서 기분이 안 좋아 보였는데, 설마 더 나빠졌을 줄은 몰랐다. 언짢은 표정이라고 하기에는 독기가 가득한 얼굴인 이츠키를 주시하자, 시선을 느꼈는지 멋쩍은 듯이 창밖으로 시선을 돌렸다.

"평소 아들내미가 신세를 많이 지고 있습니다."

"어머. 그건 제가 할 말인데요……. 우리 아마네도 이츠키 군에게 마음을 열고 도움을 받은 것 같아서요."

시호코도 이츠키와 다이키 씨가 성대하게 으르렁대는 사이임을 눈치챘을 텐데도 변함없이 웃는 얼굴로 대응하고 있다.

매번 있는, 부모끼리의 전형적인 대화를 들으면 자식으로서 몹시 낯간지럽지만, 이츠키의 고슴도치 상태를 조금이라도 완화할 수 있다면 제발 관심을 딴 데로 돌려주길 바란다.

"아드님 이야기는 자주 들었어요."

"저기, 어머니."

딴 데로 돌려주길 원했는데, 본인이 있는 데서 그런 걸 폭로하란 말은 한 적이 없다.

허둥대는 아마네에게 시치미를 뚝 떼고 "무슨 일 있니?"라며 의아한 척하는 시호코는 아들이 봐도 능구렁이 같은 사람임을 재인식했다.

답답한 분위기를 깨려고 십중팔구 일부러 말했을 시호코에게, 아마네가 갑자기 뒤통수를 맞은 기분으로 눈꼬리를 세웠다.

"어머니, 저기 말이야."

"어머, 내가 틀린 말을 했니?"

"틀린 건 아니지만!"

"부모가 봐도 이츠키 군을 신뢰하는 걸 아니까, 의지하는 게 맞지?"

"그걸 본인 앞에서 말하는 바보가 어디 있어!"

"말하지 않으면 전해지지 않아, 아마네."

"평소에도 말하고 있어!"

"어머, 진짜니? 이츠키 군."

사심 없이 싱글벙글 웃으며 이츠키에게 말을 거는 시호코 때문에 지금껏 침묵하던 이츠키가 약간 허둥대지만, 쑥스러운 듯이 뺨을 긁적이고 고개를 끄덕였다.

"아, 뭐, 그렇죠. 저기, 가끔 간담이 서늘해져요."

"후후후. 아마네도 많이 솔직해졌구나."

즐겁고 들뜬 느낌으로 소리를 내서 웃고, 그러면서도 우아함을 잃지 않은 시호코는 웃음을 멈추더니 조용히 대화를 지켜보던 다이키 씨에게 미소를 지었다.

"그러니까 정말 언제나 고마워요. 이 아이는 솔직하지 않으니까, 이츠키 군이 있어 주어서 참 다행이에요."

"그런 것 같군요……."

조금 딱딱한, 담담한 투로 긍정한 다이키 씨에게, 이츠키는 노골적으로 인상을 쓰지 않으면서도 눈썹을 움찔거렸다.

그걸 눈치챘는지 다이키 씨가 눈을 흘긴다.

"하고 싶은 말이 있는 것 같군."

"없어."

어떻게든 완고한 태도를 고수할 작정인 이츠키에게, 다이키 씨도 한숨을 푹 쉰 다음에 아까 아마네와 시호코가 있던 방향을 손으로 가리켰다.

"나는 자리를 뜰 테니 시간이 되기 전에 면담실 앞으로 와라."

"알았어. 얼른 가."

자기가 생각해도 무뚝뚝하다는 걸 아는 아마네도 놀랄 정도로 지금의 이츠키는 무뚝뚝하다. 아니, 자기 아버지에게 지시받을 마음 따위는 없다고 공격적으로 대하는 것처럼 보여서, 사정을 아는 몸으로서는 계속해서 조마조마했다.

다이키 씨는 지금 와서 이츠키의 태도를 나무랄 마음이 없는지, 아니면 남들 앞에서 강하게 꾸짖을 생각이 없는지, 다시금 한숨을 푹 쉬더니 이츠키의 반항적인 태도를 꾹 참고 아마네와 시호코의 옆을 지나갔다.

아마네와 시호코에게는 우호적이라고는 하나 이츠키와의 사이에서 긴장된 분위기가 있었던 건 사실이므로, 등 뒤에서 발소리가 멀어졌다고 느꼈을 때 한숨을 푹 쉬고 말았다.

역시 이런 다툼의 분위기를 느끼는 건 익숙하지 않고, 이츠키의 편이 될 수밖에 없는 아마네로선 다이키 씨의 태도에 속이 쓰리다.

그건 이츠키에게도 느꼈기에, 아버지가 사라져서 기분이 풀린 것을 노골적으로 드러낸 이츠키를 최대한 부드럽게 봤다.

"그리고 보니 이츠키 너도 오늘 면담이었지. 깜빡했어."

"너는 벌써 끝났어?"

"그래. 의외로 일찍 끝났어."

"그렇구나. 나는 다음다음이야."

평소보다도 담담하게 대화하는 건 조금 전의 만남 탓이리라. 많이 온순해졌다고 하나, 아주 조금 따끔따끔한 가시가 슬쩍 보였다.

본인도 그걸 아는지 조금 멋쩍은 듯이 바닥을 봤다.

겉으로 보이는 짜증은 사그라들었어도 속에서 날뛰는 마음은 주체할 수 없는지, 아마네를 보려고 하지 않는 그 눈이 이글거리는 것처럼 보인다.

"나는 삼자면담을 해도 의미가 없다고 보는데 말이야. 딱히 할 말도 없을 거고. 애초에 내가 하는 말을 들어줄 마음이 있는지도 의문이니까."

"넌 앞으로 어쩔 건데?"

친구니까 이야기할 기회는 있었다. 하지만 다이키 씨의 문제도 있어서 물어보기 어려웠다. 지금 이 타이밍에 물어봐도 될지 고민했지만, 말해 버린 이상 어쩔 수 없다.

"나는 정했지만, 아버지가 인정할지는 모르겠어. 아버지도 원하는 학교가 있으니까."

"어머니는?"

"내 마음대로 하면 되지 않겠냐고 하더라고."

어머니 이야기가 나오면 태연하게, 조금 어이없다는 기색으로 어깨를 으쓱하는 이츠키는 아까보다도 사람늘을 멀리하는 사나움이 가라앉았다.

실제로 본 적은 없으니까 너무 대충 말할 수는 없지만, 이츠키의 어머니는 방임주의자라고 한다. 이츠키 본인의 말에서도 그 언동이 전해진다.

그 방임주의의 덕을 본 사람은 이츠키 본인이리라.

"그것도 참 극단적이네……."

"뭐, 관심이 없는 건 아니고 '일일이 시킨다고 말을 들을 아이도 아니고, 괜히 반발해서 이상한 데로 빠질 바에는 차라리 자기 하고 싶은 대로 내버려두는 게 낫다'고 합리적으로 판단했다고 할까."

"너를 잘 아시네."

정말 그 말대로 지금도 반발하고 있는 것을 친구 입장에서 봤으니까, 그 정확한 평가에 무심코 웃음이 나왔다.

친구의 어머니지만 말이 참 신랄하고 뻔뻔하다는 생각이 들지만, 한없이 단호하고 자비가 없는, 그러면서도 자식을 잘 이해하는 부분은 이츠키를 구원해 줬으리라.

그 증거로, 감정적이었던 분위기가 많이 풀렸다.

"아버지만 안 포기한단 말이지. 이유는 알겠고, 마음도 이해하지만, 그걸 강요하면 곤란하다고."

"응."

"그야 학비를 받는 건 사실이지만…… 그렇다고 해서 내 의견을 싹 무시하는 건 무조건 싫단 말이지. 그랬다간 진짜로 가출할 거야."

"아무리 다이키 씨라도 그러진 않을 거 같은데."

이츠키가 없는 데서 이야기를 들었기에 다이키 씨가 그런 식으로 이츠키의 의견을 무시하고 결정을 강요할 것 같지는 않지만, 현시점에서 억압받고 있다고 느끼는 이츠키가 봐서는 그러지 않을 것 같다는 사실이 바깥에서 보면서 답답한 현실이었다.

좋든 나쁘든 다이키 씨가 완고하고 겉으로 봐서는 알기 어려운 성격인 것이 이츠키의 반발을 더 키우는 것처럼 보인다.

"흥! 글쎄다. 지금은 얌전하지만, 그 인간이 무슨 소리를 할지 몰라. 형한테 과도하게 간섭하다가 실패한 것도 모르나? 나는 아버지의 두 번째 인생도 아니고, 형의 복제품도 아닌데."

피를 토하는 듯한, 고통에 찌들면서도 싸늘하게 식은 그 목소리는 아마네가 더 위로하거나 동정할 수 없게끔 거부하는 느낌이 있었다.

아마네는 부모님이 자식이 하고 싶은 대로 해주는 것도, 알기 쉬운 형태로 사랑해 주는 것도 잘 안다. 그래서 자신과는 가정 사정이 다른 이츠키에게 더 말해도 상처만 줄 것임을 이해하고 있다.

속에 쌓인 응어리를 토한 듯한 이츠키는 지금 아마네가 지은 표정을 어떻게 받아들였는지 멋쩍은 듯이 시선을 이리저리 돌렸다.

"미안해……."

"지금 사과해도 곤란한데. 힘든 사람은 너고. 나는 적극적으로 말할 수 없지만, 잘 말하고 와."

"알았대도……."

어떤 방향으로 굴러가든, 이츠키 본인도 대화가 없으면 더 나아갈 수 없음을 아는 것이리라.

이츠키는 머뭇거리듯 고개를 끄덕이고 아버지가 간 길로 쫓아갔다.

말이 통하지 않는 사람은 세상에 반드시 있다.

다이키 씨가 그렇다고 보진 않지만, 이츠키에겐 이해할 수 없는 존재일지도 모른다. 끝까지 평행선일 가능성은 있었다.

그때는 아마네가 이츠키의 편이 될 생각이다. 아직 미성년자라서 도와줄 수 있는 일은 적겠지만, 최대한 애쓸 작정이다.

그럴 각오는 있지만, 역시 다이키 씨와 서로 이해할 수는 없더라도 마음을 주고받을 수 있으면 좋겠다고.

남의 집 가정 사정에는 참견할 수 없지만, 그렇게 빌 수밖에 없었다.

"이츠키 군네 집안도 고생이 많아 보이는구나."

친구끼리의 대화에 끼어들 마음은 없었는지 평소의 남아도는 존재감을 완전히 지웠던 시호코가 뛰어가는 이츠키의 등을 슬쩍 눈으로 쫓은 다음에 중얼거렸다.

"아, 그렇지."

"나도 부모니까 부모가 인정하는 진로로 가 주길 바라는 마음도 이해할 수 있지만. 자식의 경력으로 이어지지 않는 데를 희망하면 난색을 드러낼 수도 있고. 자식이 되도록 불필요하게 고생하지 않는 쪽으로 걷길 바라는 게 부모 마음이니까."

아마네와는 다른 처지여서 현실적인 시점으로 이츠키 부자를 보던 시호코는 슬쩍 한숨을 쉬고 "자식 농사는 어려운 법이야." 라고 어깨를 으쓱했다.

"뭐, 나로서는 자식이 자식의 인생을 걷는 게 당연하다고 보고, 부모가 너무 간섭하면 자립심이 자라지 않으니까 적당한 간섭이 제일이라고 생각해. 위험한 길을 가려고 할 때 도로 데려오는 것 정도면 되잖니."

"어머니는 그런 점에서 진짜 이성적이란 말이지."

"그야 아무리 생각해도 간섭이 심하면 자식에게 도움이 안 되는걸."

단언한 시호코는 그 주장을 조금도 의심하지 않는 듯했다.

"불필요한 제한을 거는 건, 자식을 위해서라는 말을 면죄부로 삼고 싶은 부모를 위한 거야. 자기가 원하는 대로 움직이길 바라니까 자기 입맛에 맞춰서 자식의 인생을 좁히는 거지. 나는 그런 게 싫어."

시호코는 아마네를 애지중지하기 일쑤지만, 아마네에게 이래라저래라 강제하는 일은 없다. 어디까지나 아마네의 자주성을 존중하고 다양한 길을 보여준다.

앞에서 손을 잡아당기는 것이 아니라 뒤에서 지켜본다. 처음부터 보이는 위험은 어깨를 붙잡고 말리지만, 다음에는 아마네가 어느 길을 걷든, 아무리 고민하든 옆에서 묵묵히 기다려 주는 것이다.

그걸 실감하기에, 시호코는 부모로서 위치가 흔들리지 않는 느낌이 든다.

"독립하면 자기 힘으로 살아야 하는데, 그 의지를 꺾고 억지로 사슬로 묶어도 장래에 같이 쓰러질 게 뻔하잖니. 부모 곁을 떠난 뒤가 진짜 지옥이야. 다리가 부러지는 거나 마찬가지니까. 자기 다리로 일어서는 법을 잊을지도 몰라. 그래서는 쇠약해질 뿐이잖아."

그건 자식을 위한 일이라고 절대로 말할 수 없다며 가볍게 딱 잘라 말한 시호코는 아마네가 지은 표정을 어떻게 받아들였는지 쓴웃음을 지었다.

"뭐, 이츠키 군의 아버님은 그렇게 집착하거나 속박하는 사람이 아니라 단순히 서투른 것 같지만. 악의가 전혀 느껴지지 않거든. 그렇다고 해서 무의식중에 속박하는 것도 아니야. 이츠키 군을 향한 죄악감이 보이니까. 아마도 말이 서툰 데다가 한 번 입 밖에 꺼낸 말을 철회할 수 없는 거야."

우리 아버지 같다며 아마네가 전혀 생각하지도 못했던 상대를 거론하는 바람에, 아마네는 고개를 갸우뚱했다.

아마네에게 시호코의 아버지, 다시 말해 외할아버지는 기억하는 한에선 언제나 웃는 얼굴에 인자하고 말이 많은 할아버지 같은 사람이니까, 시호코가 말하는 사람과는 전혀 연결되지 않는다.

아마네의 의문을 감지한 듯한 시호코가 "손자는 무척 아끼지만, 그 사람도 진짜 완고하고 말이 서툴렀어."라며 웃으니까, 아마네는 자신이 상상하는 것보다도 외할아버지에게 사랑받은 듯하다.

인생 18년째에 들어서 처음으로 안 사실에 놀라는 아마네가 웃긴 듯 시호코는 어깨를 떨고 웃더니, 이어서 만족한 듯이 고개를 끄덕인 다음 두 사람이 간 복도를 슬쩍 봤다.

　"뭐, 도리와 상식이 멀쩡하게 있다면 이제는 본인들의 자질과 생각에 맡기는 게 제일이야. 그 대신에 어른이 되면 자기 앞가림을 알아서 하도록 교육하겠지만."

　"명심할게."

　"후후. 아마네 넌 걱정하지 않아. 진짜로. 나랑 슈토 씨의 아들인걸."

　"나도 어느 정도는 사고방식이 아버지를 닮았다고 믿지만."

　"그렇게 나를 빼먹는 걸 보면 교육이 부족한 것 같아."

　"농담입니다. 발을 밟지 말아 주세요."

　말실수하는 바람에 시호코에게 수수한 체벌을 받아 신음하자, 공격한 장본인이 웃으며 아마네의 등을 찰싹 때렸다.

제4화

지난날의 추억

오늘은 삼자면담이 있어서 아르바이트를 쉬므로, 면담이 끝난 다음에는 시호코를 데리고 귀가했다.

언제나 그렇지만, 마히루는 아마네의 집에서 시간을 보낼 때가 많으며, 오늘도 변함없이 거실에서 아마네가 귀가하기를 기다리고 있었던 듯하다. 문이 열리는 소리로 귀가를 눈치챘는지 현관까지 종종걸음으로 나왔다.

이걸 보고도 시호코가 놀라지 않는 것을 보면, 시호코도 당연한 일상으로 여기는 듯하다.

그걸 불만으로 여겨야 할지 부끄러워해야 할지 이미 알 수 없지만, 너무나도 일상적인 일로 취급되어 놀림당하지도 않으니까 이제는 포기할 수밖에 없으리라.

"시호코 씨, 오셨군요."

문화제 때도 봤지만, 여러 가지 일이 연일 찾아오는 바람에 오랜만이라는 감각을 씻어낼 수 없는지, 마히루는 마치 1년 만의 귀성 같은 느낌으로 시호코에게 웃어 보였다.

이보다도 기세가 대단한 것이 시호코여서, "어머, 마히루짱. 잘 지내는 거 같구나."라며 한껏 들뜬 기색으로 마히루를 꼭 끌어안았다.

　마히루가 쑥스러워하면서도 행복한 기색으로 받아들이니까 아마네는 뭐라고 따질 말이 없지만, 아들 얼굴을 봤을 때보다 훨씬 감동적으로 재회하는 것이 정기 행사가 된 것 같아서 속으로는 딴지를 걸고 싶다.

　한동안 둘이서 즐겁게 끌어안고 있었지만, 황당해하는 아마네의 시선을 눈치챈 듯한 시호코가 "아마네가 질투하니까 그만할게."라며 착각도 유분수인 말을 해서, 눈빛이 더 싸늘해졌다.

　"오늘은 아마네 군의 면담 일로 오셨나요?"

　"그래. 이 시기의 삼자면담이라면 올 수밖에 없어. 벌써 2학년 후반기에 들어가니까, 선생님한테도 아마네를 통해서 은근슬쩍 와 달라고 압박당했거든."

　아마네의 학교에서 자취하는 학생은 드물지만, 학교 측에서도 사정을 이해해 준 덕분에 지금껏 삼자면담 기간에 부모가 부재중인 것도 뭐라고 하는 일이 없었다. 그랬는데 대학 입시가 다가오는 이 시기에 한 번도 부모와 교사가 얼굴을 보지 못한 건 좋지 않다며 다음에는 되도록 부모님을 모시고 와 달라는 부탁을 들었다.

　아마네로서도 매번 부모님이 없으면 거북하고 선생님이 입시 관련으로 고심하는 것도 아니까, 이번만큼은 부모님에게 꼭 부탁하게 된 것이다.

　"슈토 씨는 일하시나요?"

"그래. 조금 바쁜 시기라서 휴가를 내지 못했어. 이왕 할 거라면 사자면담이라도 좋았는데."

"내가 압박 면접을 보게 되니까 그러지 마. 우리는 평범한 면담으로도 거북하다고."

"후후. 그럴 수도 있겠네. 아마네도 이럴 때 맛보렴. 이런 일도 졸업하고 나면 없으니까."

삼자면담이란 학생이라면 거의 모두가 거치는, 평범하게 부끄러운 압박감을 느끼는 이벤트다. 그러나 부모가 봤을 때는 정말 훌쩍 지나간다는 것 같다. 시호코가 특별히 가벼운 걸지도 모르지만.

아마네는 부모의 자리에서 즐기는 느낌이 들기도 하는 시호코에게 한숨을 선물했다.

벌써 11월도 중반이어서 추위도 거세지고, 따뜻한 음료가 맛있게 느껴지는 계절이다. 그러다 보니 마히루가 내준 홍차는 몸에 잘 스며드는 것처럼 맛있었다.

소파를 두 사람에게 내준 아마네는 바닥에 다리를 꼬고 앉아 홍차를 홀짝홀짝 마시며 여전히 아들보다 사이좋게 이야기를 나누는 두 사람을 쳐다봤다.

"마히루짱은 내일 삼자면담이지?"

벌써 지뢰를 사뿐히 밟은 시호코 때문에 하마터면 사레가 들릴 뻔했지만, 과민반응을 보여도 마히루를 자극하기만 할 테니까 가볍게 기침하는 것으로 그쳤다.

© Hanekoto

시호코를 보는 마히루는 평소처럼 얼굴에 미소를 띠었다.

"삼자면담이라고 할까요. 일대일 면담은 확정이지만요. 저는 부모에게 알리지 않으니까 삼자면담이 될 수 없어요."

삼자면담 안내문을 받은 뒤에도 딱히 언급하지 않고 지냈지만, 아니나 다를까 부모에게 알리지도 않은 듯했다.

마히루의 가정 사정을 어느 정도 아는 시호코는 너무 차분한 마히루의 표정을 보더니, 본인도 평소와 똑같은 얼굴로 "음." 하고 별로 걱정스럽지 않게 신음했다.

"즉, 내가 가도 될 여지가 있다는 거구나."

"어머니."

뭔가 터무니없는 말을 꺼내는 바람에 아마네도 못 참고 일어서지만, 시호코는 농담하는 느낌이 하나도 없는 진지한 얼굴로 "그야 삼자잖니. 그리고 누가 오라고 시성하지 않으니까. 즉, 보호자면 누구나 다 되는 거지?"라며 마치 좋은 아이디어를 말하는 것처럼 말을 이었다.

"그리고 실질적으로 우리 딸이니까 진로를 들어도 손해 볼 일은 없어. 난 보호자나 다름없다고 생각하는걸."

"진지한 얼굴로 무슨 소리를 하는 거야. 담임이 무조건 뭐라고 할걸."

"그러면 슈토 씨한테 부탁하면 얼핏 봐도 안 들키겠네?"

"아버지는 휴가를 못 낸다고 했잖아."

아마네 자신이 생각해도 엉뚱한 걸 지적하는 것 같지만, 그냥 넘어갈 수는 없어서 자꾸만 말이 입 밖으로 나온다.

"애초에 그런 문제가 아니야. 그리고 마히루의 의사를 뒷전으로 두지 마. 그렇게 장래를 이야기하는 자리에 친하다고는 해도 갑자기 외부인이 끼어들면 마히루가 위축할지도 모르잖아."

"아, 하긴 그러네. 나도 참. 이야기를 너무 멋대로 진행했어."

"아뇨. 마음은 기뻐요!"

"우리 어머니를 배려하지 않아도 돼."

"배려하는 게 아니라, 정말로, 저기, 고맙다고 할까요. 기뻐요. 이건 진심이에요."

천천히 고개를 젓는 마히루는 거짓말하는 기색이 아니어서, 정말로 시호코의 제안을 듣고 불쾌하거나 곤혹스럽지 않은 듯하다.

다만 순수하게 기뻐한다고 단언하기 어려운 건, 마히루의 표정에서 부러움과 동경이 드러나면서도 왠지 모르게 체념한 듯한 느낌이 있었기 때문이다.

그러면 얼마나 좋을까. 마히루 본인은 아무 말도 안 했는데도 그런 말이 들린 것 같아서.

"하지만 가정 이야기가 나올 수밖에 없으니까, 선생님도 거부할 것 같아요. 그러면 애써 오셔도 헛걸음이 되니까……."

그러나 평소의 미소를 되찾은 마히루는 거절당한 아쉬움에 어깨를 축 늘어뜨린 시호코의 손을 꼭 잡고 얼굴을 살폈다.

한순간만 살짝 드러난, 푸근하면서도 씁쓸한 감정은 이제 마히루에게서 찾아볼 수 없었다.

"저기, 마음만 받게 해주세요. 시호코 씨가, 저를, 따, 딸로 여겨 주시는 건, 기쁘니까요."

"어머, 이미 사실상 딸이나 다름없잖니."

"어머니."

"후후. 아마네도 쑥스러워하네."

"화낼 거야."

마히루의 희미한 변화를 눈치챘는지 어떤지는 모르겠지만, 적어도 대놓고 추궁하진 않은 시호코가 아마네를 끌어들여서 분위기를 바꿨다. 그래서 아마네는 곧장 편승해서 시호코를 슬쩍 흘겨봤다.

그런 아마네의 태도를 즐겁게 지켜본 시호코가 마히루에게 "쑥스러운 거 맞네."라고 장난치듯 속삭이고는 해맑게 웃는다.

"이런 구석이 귀여운 거야. 알기 쉽거든. 그렇지? 마히루짱."

"아마네 군은 언제 봐도 귀여워요."

"마히루."

"어머, 저는 언제 봐도 아마네 군을 멋지고 귀엽다고 생각하는걸요?"

귀엽다는 말이 여성을 칭찬한 때 쓰는 말임을 알 테니까 아마도 사랑스럽다는 의미에서 귀엽다는 말이겠지만, 평소의 마히루를 보면 정말로 귀엽다고 생각할 가능성이 전혀 없는 게 아니니까 그 평가는 그냥 넘어갈 수 없었다.

멋지다는 평가만으로 구성해 주길 바라지만, 한심한 구석을 보였다는 자각도 있으니까 그 부분을 귀엽게 여기는 거라면 매우 분하다. 그래도 불평을 말로 표현하진 않지만, 얄미운 듯 쳐다보는 정도는 용서받으리라.

마히루의 평가에 대놓고 불만을 말할 수 없는 아마네를 보고, 시호코는 여전히 싱글벙글 웃고 있다.

"부모에게도 보여주지 않는 귀여운 구석을 마히루짱이 본 거구나. 아마네도 마히루짱한테는 솔직해지는 거야."

"후후. 아마네 군은 항상 솔직하다고 생각하는데요."

"그렇다면 좋겠는데 말이야. 아마네도 참, 나한테는 별로 솔직한 모습을 보여주지 않는걸. 옛날에는 그토록 솔직하고 귀여웠는데."

"역시 사춘기 남자는 어머니한테 솔직해질 수 없을 거예요. 쑥스러운 기분이 더 앞서는 것 같으니까요. 아마네 군은 말이 조금 거칠 뿐이지 사실은 자상하니까 멋져요. 말을 심하게 했을 때는 풀이 죽거든요."

"그렇단 말이지. 벌써 툴툴대고 싶은 나이인 거야. 그야 속은 옛날하고 전혀 달라지지 않았으니까 나는 그 점을 걱정하지 않지만."

"왜 항상 나만 사방이 적인 거야……."

고향에 내려가도 사방이 적인데, 집에서도 이러는 건 상상할 수도 없었다.

시호코와 함께 있는 마히루는 완전한 아군이 아니라 아무렇지도 않게 적이 되는 일도 있으니까 방심할 수 없는데, 이번에도 마히루는 시호코와 결탁해서 아마네의 체력을 깎아내려고 들었다.

"어머, 그건 내가 있는 곳이 내 홈이 되니까 그런 거 아니니?"

"어머니는 조용히 있어. 진짜."

"이런 점이야, 마히루짱. 쑥스러워하니까 귀엽지?"

말로만 그런다며 시호코가 웃자 마히루도 덩달아 웃어서, 아마네의 체력은 빈사 상태로 진입했다.

"후후. 두 분은 정말 사이좋군요."

"이걸 보고 사이좋다고 하진 않아, 마히루……."

정신적으로 단숨에 진이 빠진 아마네에게, 마히루는 작게 소리를 내어 웃으면서 "옆에서 봤을 때의 평가예요."라고 귀엽게 눈을 찡긋했다.

한 시간 정도 머문 시호코는 내일 일이 있다며 우아하면서도 급하게 집을 떠나서, 시끌벅적했던 공간은 단숨에 차분함을 되찾았다.

평소와 똑같이 평화롭고 차분한 분위기로 돌아온 사실에 안도하면서, 시호코가 있으면 마히루가 즐거워 보이니까 조금만 더 머물렀으면 하는 생각이 들기도 한다.

다만 아마네의 멘탈이 박박 갈려나가는 발언을 자주 하니까 빨리 사라져 주는 게 정답이라는 생각이 들게 하는 것이 시호코의 문제점이리라. 아마네를 놀리지만 않으면 마히루의 곁에 있어 주길 원할 정도다.

"후후. 시호코 씨도 잘 지내시는 것 같아서 다행이에요."

천천히 웃고 소파에 몸을 기댄 마히루에게 쓴웃음을 지으면서, 아마네는 그 옆에 앉아 다 식은 홍차를 한 모금 홀짝였다.

"아, 기운이 넘치는 건 언제나 그렇지만, 팔팔해서 정말 다행이야. 조금만 더 차분해졌으면 좋겠지만. 진짜로."

"그게 시호코 씨다워서 좋다고 보는데요."

"그건 그렇지만."

"후후. 아마네 군은 활기가 넘치는 시호코 씨를 대하기 어려워하니까요."

"정확하게는 나한테 피해가 오니까 거북한 건데?"

반쯤은 마히루가 그걸 파워업 시키지만, 마히루 본인은 그걸 아는지 모르는지 웃기만 한다.

아마네로선 마히루가 즐거운 게 제일이니까 따질 마음이 전혀 없지만, 자신은 역시 시호코를 제어하는 방법을 익히는 게 좋을지도 모른다며 17년 동안 어떻게 할 수 없던 일을 생각하면서 한숨을 쉬었다.

"시호코 씨, 바빠 보였네요."

이야기하고 나서 서둘러 떠난 시호코를 떠올렸는지, 마히루가 불쑥 그런 소리를 했다.

"그야 납기 문제가 있으니까. 와 줘서 고맙긴 해. 아버지가 오고 싶었던 것 같지만, 지금은 무진장 바쁘다고 하니까."

"후후. 사랑받고 있네요."

흐뭇한 듯이, 부러운 듯이, 감정이 짙게 밴 목소리로 자아낸 말을 입술을 살짝 깨물어 받아들인 아마네를, 마히루는 눈가에 미소를 짓고 쳐다봤다.

"아마네 군은 알기 쉽네요. 제 삼자면담을 신경 쓴 거죠?"

방심했을 때 예리한 비수가 날아와 몸을 굳혔지만, 마히루는 아마네의 태도를 보고 "정답이네요."라며 한없이 부드러운 투로 말을 잇는다.

들킨 사실을 알리는 것 자체가 마히루에게 부담을 줄 수 있으니까 사실은 아무 느낌이 없는 것처럼 행동해야 한다. 하지만 마히루의 눈치를 보고 전부 숨겨서 웃어넘길 수는 없었다.

"그렇게 자상한 점이 아마네 군답지만, 아마네 군의 부담을 늘리고 싶진 않으니까 신경을 쓰지 않아도 됐어요."

아마네의 의도도 전부 꿰뚫어 본 듯한 마히루는 멋쩍어하는 아마네의 얼굴을 보고 희미하게 웃었다.

상처받은 게 아니라, 그저 지금 처한 상황과 사실을 받아들인 담담한 태도다.

"아마네 군은 신경 쓰지 않아도 되거든요? 제 부모가 나쁜 거니까요. 낳은 책임을 지지 않는 게 이상한 거예요."

"응……."

"게다가 저 자신이 부모가 올 리가 없다고 믿고 삼자면담 소식을 전하지 않았으니까요. 애초에 올 수가 없죠. 제가 먼저 가능성의 싹을 잘랐으니까요. 아무것도 기대할 수 없어요."

그러니까 이번 일은 자업자득이라며.

너무나도 힘없는 미소를 짓는 마히루를 보고, 아마네는 인상을 찡그리지 않을 수가 없었다.

"제게 관심을 보여줄 가능성의, 아주 작고 미약한 실이 끊기지 않게 당길 수는 없으니까요. 저도 그 희박한 가능성을 기대하는, 십중팔구 헛수고가 될 스트레스를 안고 싶지는 않아요. 그러니까 이거면 돼요."

"마히루……."

"삼자면담은 딱히 부모의 양해를 구할 필요가 없어요. 저는 스스로 정할 수 있으니까요."

그렇게 망설임과 흐트러짐 없이 단호하게 잘라 말한 마히루는 차가운 눈빛으로 조용한 미소를 짓는다. 아마네에게 항상 보이는 온기가, 지금은 없었다.

"부모에게 상담하지 않아도 학력과 내신에 문제가 없는 건 알아요. 일단 학자금 보험도 들은 듯하니까 돈도 문제가 없어요. 그것과는 별개로 진학과 취업을 위한 자금도 있어요. 그 사람들은 돈만큼은 부족하지 않게 하니까 다행이라고 할까요……. 참견하지 않는 만큼 금전적으로는 최대한 지원해 주죠. 그 점은 고마워요."

그 대신 부모가 다른 것은 아무것도 주지 않았음을 은연중에 표현한 마히루는, 자조로도 보이는 웃음을 띠고 숨을 내쉰다.

따듯해야 하는 숨결은 한기마저 느껴졌다.

"저는 오히려 행복한 편이에요. 그 사람들은 코유키 씨처럼 훌륭한 사람을 제 곁에 두었고, 죄악감이 아주 조금이라도 있었는지 생활하면서 불편함이 없게 했으니까요. 그 덕분에 저는 남들만큼은 멀쩡하게 자랐고요."

반대로 코유키가 없었다면 마히루는 정말로 삐딱하게 자랐을 거라는 뜻이니까, 아마네는 순순히 기뻐할 수가 없다.

"부모에게 간섭받지 않고 자기 뜻으로 전부 정할 수 있다고 생각하면 아무렇지도 않으니까요. 아마네 군도 그런 얼굴을 하지 않아도 돼요."

"미안해."

"아마네도 군도 참. 왜 사과하는 건가요?"

안이한 동정이나 위로, 동의가 마히루의 상처를 더 키우는 것을 알기에, 아마네는 마히루의 말을 눈에 보이지 않는 눈물로 받아들일 수밖에 없다.

마히루의 가녀린 손을 잡자 평소보다 싸늘해진 체온이 아마네의 체온과 섞인다.

자신의 온기가 조금이라도 마히루의 온기가 되면 좋겠다고, 희미하게 떨리는 손을 잘 감싸서 마히루와의 거리를 천천히 좁혔다.

아마네가 먼저 주저하지 않고 찰싹 달라붙는 것은 마히루로서도 놀라운 일이었는지, 눈을 살짝 깜빡인 뒤에는 수줍은 듯이 눈에 미소를 짓는다.

"괜찮아요. 저는 이제 부모에 대한 인식을 바꿀 수 없으니까, 지금 와서 신경 쓸 일은 아니에요. 아무렇지도 않다고 할 순 없지만, 무척 슬픈 일도 아니에요. 당연한, 일상이에요."

"그게 당연해져선 안 된다는 걸 알아도?"

"그래요. 그야 그렇게 된 게 사실이니까요. 사실을 외면해도 의미가 없어요. 어차피 언젠가는 통감할 테니까."

마히루는 아마도 본인이 생각하는 것보다는 강하지 않을 테지만, 아마네가 생각하는 것보다는 훨씬 꿋꿋하면서 심지가 흔들리지 않는 여자애다. 그 사실을 통감하고, 조금씩 따뜻해진 손을 다시 꼭 쥐었다.

"저로서는 다 끝난 일이니까, 괜찮아요. 제가 혼자 지내서 결과적으로 아마네 군과 만난 거니까, 그 점에서도 감사하고 있고요."

"그렇구나……."

당당한 태도로 단언하는 마히루가 너무 눈부셔서, 사랑스러워서.

이번에는 차가워진 손만이 아니라 몸 전체를 감싸고자 끌어당기자, 가냘픈 몸이 잠시 놀랐다가 곧바로 힘을 뺐다.

작은 몸으로 꺾이지 않고 살아온 마히루는 아마네가 받아들이듯 끌어안기만 해도 안심해서 몸을 맡기니까, 그것만으로도 얼마나 의지하는지를 알 수 있다.

몸을 뒤척여서 딱 좋은 위치로 조정한 듯 아마네가 잘 보이는 곳에서 얼굴을 내민 마히루는, 아마네의 얼굴을 보고 어색하게 웃었다.

"아마네 군은 걱정이 많네요. 이걸로 꺾일 만큼 저는 약하지 않아요. 매번 힘들어하면 생활할 수도 없는걸요."

"강하건 말건 상관없이 말이야. 좋아하는 애가 상처받는 일이 당연해지는 게 싫다고 할까…… 답답해. 지키고 싶은데, 내가 어떻게 할 수 없는 현실이니까."

마히루가 태어나고 자란 환경과 지금의 가정환경은 아마네가 손댈 수 없다.

과거는 바꿀 수 없고, 지금은 손에 닿지 않는다.

사랑스럽고 소중하고, 지키고 싶다고 간절히 빌어도 남이라는 이름의 벽이 존재하는 한, 아마네는 어떻게 할 수가 없다. 무리하게 뛰어넘으려고 했다간 마히루의 섬세한 부분을 밟아 뭉갤 것이다.

그러니 지금의 아마네는 마히루의 섬세한 부분에 상처가 생기지 않게끔 감싸고, 불필요한 잡음과 자극을 떨쳐내는 일밖에 할 수 없다.

"이건 제 문제니까요. 거부하는 게 아니라, 저 자신이 처리해야 할 문제이고, 당사자밖에 해결할 수 없는 일이에요."

마히루도 아마네가 어떻게 할 수 없는 일임을 잘 알고, 해결해주기를 바라는 눈치가 아니다.

바라는 건 아마네가 손을 떼지 않고, 기댈 곳이 되는 것. 아마네는 그렇게 해석하고 있다.

품에서 조용히 아마네를 쳐다보는 마히루에게, 아마네는 슬며시 고개를 끄덕였다.

"나는 마히루의 마음을 전부 이해할 수 없어. 나는, 마히루와 다른 환경에서 살았으니까."

"그래요. 어디까지나 저는 저고, 당신은 당신이니까. 상상할 순 있어도, 완전히 파악할 순 없는 법이에요."

"그래."

누가 얼마나 발버둥 쳐도 바뀌지 않는 사실.

아마네는 아마네고, 마히루는 마히루. 인생에서 교차하고 서로 다가갈 수는 있어도, 하나가 되는 일은 없다. 마히루라는 개인은 누가 뭘 해도 다른 누군가가 될 수 없거니와, 그 가슴속에 있는 것을 하나도 틀림없이 상세히 밝힐 수 없다.

마히루의 감정은 마히루만의 것. 마히루의 생각은 마히루만 안다.

그걸 이해하니까 아마네는 억지로 마히루의 마음을 알아낼 생각도, 뭔가 하려는 마음도 없었다.

"하지만 알아주려고 하는 아마네 군이, 좋아요. 아마네 군의 해석을 강요하지 않고, 곁에서 지켜봐 주는 아마네 군이."

"응…….."

"저를 생각하고, 소중히 여기는 건 알아요. 행복하다고, 언제나 생각하니까요."

이건 진심에서 우러나온 말이리라. 순진하게 배시시 웃고 아마네의 가슴에 뺨을 문대는 마히루는, 아마네의 체온을 기분 좋게 만끽하며 몸을 기댔다.

마히루 나름대로 최대한 응석을 부리는 행위에, 아마네는 부드럽게 물결치면서 흘러내리는 황갈색 머리에 입을 맞추고, 그 머리에 이마를 툭 댔다.

"더 행복하게 해줄게. 정말 힘들면, 꼭 말해줘. 마히루는 참기 일쑤고, 괜찮다고 말하니까."

"괜찮아요. 아, 이건 정말 괜찮은 거니까요."

"괜찮지 않을 때도 있다는 뜻이잖아……."

"앞으로는 조심할게요. 제가 상처받으면 아마네 군이 상처받는 걸 아니까요. 전 아마네 군에게 무척 많이 사랑받는걸요."

옛날보다도 확실하게, 확고한 자신감으로 말하는 마히루는, 아마네의 애정을 똑바로 받아들이는 것이리라.

그런 점을 자신만만하게 말할 수 있게 된 마히루가 정말 사랑스럽고, 참을 수 없어서, 마히루와 체온을 더 나누고자 밀착하는 아마네를, 마히루는 웃으며 받아들이기만 했다.

"후후. 이럴 때 제가 더 실망하고 자포자기했을 만큼 어렸다면 '사랑받고 자란 아마네 군이 뭘 아나요?' 라고 말해서 다투기 시작했을 것 같네요."

"그렇게 말하면 나는 반론할 수 없단 말이지."

아마네는 부모님에게 소중하게, 많이 사랑받고 자란 걸 안다. 그래서 그런 말을 들으면 반론할 수 없어서 그저 사과할 수밖에 없을 게 뻔하다.

그 사죄조차 상대의 신경을 긁을지도 모른다.

없는 자에게는 있는 자가 뭘 말해도 마음을 헝클어뜨리는 요인이 되고, 감정의 골을 만들 수 있다. 그건 지금껏 살면서 잘 이해했다.

"아마네 군한테도, 저한테도 상처를 주는 말이니까 할 마음은 없어요."

"말하진 않아도, 그렇게 생각할 때가 있는 건 아니야?"

"전혀 없다고는 할 수 없네요."

충격은 느끼지 않았다.

그건 아마네가 속으로 우려하던 일로, 너무 대놓고 순순히 긍정하는 바람에 오히려 안심했다.

사람이 좋은 감정만으로 살 수가 없는 건 알지만, 그런 낌새를 좀처럼 보이지 않는 마히루에게도 그런 면이 있다고 생각하니 더욱 사랑스럽게 느껴진다.

"하지만 대처할 수도 없고, 개선할 수도 없는 걸 거부할 마음으로 한탄해도 사태가 해결될 리가 없고요. 아마네 군도 어떻게 할 수 없는 환경 요인이니까, 그걸 탓해도 의미가 없잖아요? 말한 순간에 후회할 게 뻔해요."

싸우고 싶은 것도, 상처를 주고 싶은 게 아니라며 끝까지 이성적으로 말을 이은 마히루의 표정은 여전히 평온하다.

"애초에 다른 게 당연하다고 할까요……. 우리 집은 그렇게 일반적인 애정이 부족한 가정이니까요. 일반적인 가정과는 다르다는 것을 느낄 기회가 많았어요. 그런 질투는 초등학교, 중학교 시절에 한차례 다 느끼고 소화했어요."

그런데도 용케 삐뚤어지지 않았다고 생각했는데, 코유키의 존재가 컸던 것이리라.

"저 역시 사랑받아서 생기는 갈등을 모르고, 간섭을 성가시게 느끼는 걸 몰라요. 그러니까 그 점에 대해서 이러쿵저러쿵 따질 수 없는걸요. 그러니까, 조금, 아주 조금 질투한 적은 있지만…… 건전하게 소화했다고 보거든요?"

그렇게 마무리를 지은 마히루가 불안한 듯이 아마네의 눈치를 살피니까, 대체 누가 걱정하는 건지 몰라서 자신이 한심한 나머지 쓴웃음이 저절로 나온다.

"마히루가 감정적으로 구는 경우는 거의 없고, 스스로 감정을 이해해서 절충하고 받아들이는 것도 알아. 아, 이럴 때는 안다고 해도 되나?"

"후후. 맞아요. 저를 잘 봐주는 걸, 느껴요."

"당연히 봐야지. 사랑하는 사람이니까. 잘 보고 있어."

사랑하는 사람이니까 알고 싶고, 사랑하는 사람의 일이니까 이해하고 싶다. 사랑하는 사람이기에 그 사람이 마음 편하게 지낼 수 있게끔 배려하고 싶어진다. 기뻐하는 일을 해주고 싶다. 싫은 것에서 멀리해 주고 싶다.

이유는 다양하지만, 그저 마히루를 사랑하니까, 잘 보고 지켜주고 싶다고 말할 수 있으리라.

겉으로 드러난 부분만이 아니라 내면도 잘 보고 대하고 싶으니까 그 부분을 숨기지 않고 단언했더니 품에서 마히루가 발버둥 치듯 가슴팍에 머리를 들이받았다.

"그런 말을 아무렇지도 않게 하는 아마네 군은 점점 슈토 씨를 닮아가는 것 같아요……."

"왜 지금 이야기 흐름에서 그 말이 나오는 거야?"

"이유는 없거든요?"

갑자기 아버지 슈토의 이야기가 나와서 머리 위에 물음표를 띄운 아마네에게, 마히루는 설명할 필요가 없다는 듯이 고개를 확 돌리고 다시 박치기를 선물했다.

아무튼 쑥스러워하는 건 알겠으니까 달래려고 등을 쓰다듬어 줬더니 이상하게 뾰로통한 마히루의 얼굴을 볼 수 있어서, 그것도 참 귀엽다며 웃고 계속 쓰다듬었다. 그랬더니 뾰로통 모드가 해제됐는지 "정말이지." 라는 말을 마지막으로 저항이 끝나는 걸 느꼈다.

　"아버지를 닮는 건 기쁘지만 말이야. 우리 아버지이긴 하지만 정말 훌륭한 분이야."

　"그런 뜻은 아니지만, 그런 뜻도 있으니까 넘어갈게요. 마음껏 뽐내 주세요. 시호코 씨도 아마 그렇게 말씀하실 거예요."

　"어머니는 아버지에게 홀딱 반했으니까 판정이 엄격해질 것 같은데."

　"후후. 과연 어떨까요?"

　어째서인지 즐겁게 웃는 마히루의 얼굴을 살펴보자 짓궂게 웃다가 기분 좋게 눈을 살짝 감고 아마네의 가슴에 다시 기댄다. 아마네는 고개를 갸우뚱하면서도 솔직하게 응석을 부리는 마히루를 보며 흐뭇하게 미소를 짓고, 서로의 체온을 공유한다.

　새끼 고양이가 몸을 문대는 듯한 귀여움이 사랑스러운 가운데, 아마네는 문득 궁금해진 것을 입에 담았다.

　"그냥 해보는 말인데."

　"네."

　"내가 아버지를 닮았다고 생각하는 거지?"

　"그래요. 빼닮았다고 생각해요. 저기, 얼굴도 그렇지만, 말과 행동이 특히."

얼굴은 아버지와 아들이 닮는 건 당연하니까 넘어가고, 아마네는 다음 말을 하고 싶어서 물어본 것이다.

"그러면 마히루는 코유키 씨를 닮았을까?"

"네? 저, 저요?"

의식하지 않은 의문이었으리라. 마히루는 놀란 투로 당혹스러운 모습을 보였다.

"응. 듣기론 왠지 코유키 씨를 닮은 것 같아서."

성격과 말과 행동은 유전일 때도 있지만, 근처에 있는 친한 사람에게 영향을 받는 일도 있다.

마히루가 어느 쪽으로 정해졌는지는 모르겠지만, 적어도 마히루는 자기 어머니와 닮지 않았을 것 같고, 이야기한 느낌으로는 아버지와도 다르다.

그렇다면 인격 형성에 큰 영향을 준 코유키를 닮았다고 생각해도 이상하지 않으리라.

"그, 글쎄요……. 저기, 코유키 씨에게 많이 배운 건 사실이니까, 그런 점에서 보면 닮았다고 생각할 수도 있지만…… 아마네 군이 실제로 보지 않으면 판단할 수 없을 테고요."

"그렇겠지. 하지만 닮았을 것 같아."

"무슨 근거로……."

"내 감? 하지만 닮았을 거야. 아마도."

"아이참."

대충 말했다고 여길지도 모르지만, 아마네는 이상하게 마음속으로 확신할 수 있었다.

무척 우아하고 자상하고 평온한 인물이라고 평한 마히루가 코유키를 동경한 것은 본인도 밝힌 바가 있으며, 아마네도 마히루가 그런 성품이라고 생각한다.

　무의식중에 그런 건지는 모르겠지만, 그렇게 행동하는 두 사람이 닮지 않았다고 생각하진 않는다.

　그걸 확인할 기회가 없으니까 지금의 아마네는 판단을 내릴 수 없지만, 분명 마히루에게 뒤지지 않을 정도로 멋진 여성이라고 예상했다.

　"다시 생각한 거지만, 언젠가 보고 싶어. 마히루의 소중한 사람이라며?"

　"네. 제가 가장 신세를 많이 진, 소중한 분이에요. 저기, 저도 다시 보고 싶네요. 오랫동안 보지 못했으니까. 코유키 씨한테도 사정이 있을 테고, 건강 문제도 있으니까 무리하게 할 수는 없거든요. 편지는 가끔 주고받지만…… 보고 싶어요."

　"그렇구나. 편지는 정기적으로 부쳐?"

　"네. 그렇다고는 해도 갑자기 연락하면 불편할 것 같아서 계절에 한 번씩이지만요. 전부 보관하고 있어요. 제 보물이거든요."

　"응."

　무척 기쁜 눈치로 뺨을 붉히며 말하는 마히루는 정말로 코유키를 좋아하는 것을 알 수 있을 만큼 눈을 빛냈다.

　그만큼 마히루가 좋아하니까, 코유키란 여성을 더욱 보고 싶어진다.

　"아, 맞다. 코유키 씨의 편지와 같이 온 사진이 있으니까요.

잠시 기다려 주세요. 집에서 가져올게요."

아마네가 관심을 보인 것을 의식한 듯, 마히루는 아마네의 약한 구속을 손으로 슬쩍 풀어서 일어나 싱긋 웃었다.

"괜찮겠어? 일부러 그러면 미안한데……."

"코유키 씨가 어떤 분인지 알고 싶어 하니까요. 저도 코유키 씨를 알려주고 싶고요."

"그야 마히루를 키워 준 분이니까…… 사랑하는 사람의 소중한 사람이라면 당연히 알고 싶지."

"또 그런 소리를 해요."

있는 그대로의 진심인데도 마히루는 볼을 부풀린다. 하지만 딱 봐도 기쁜 눈치로 눈가에 미소를 짓더니 타박타박 슬리퍼 소리를 내고 밖으로 나갔다.

소중한 만큼 잘 관리하는 거겠지. 보관하던 곳에서 꺼낸 듯한 마히루는 금방 아마네의 집으로 돌아왔다.

보관함을 통째로 가져온 듯, 깜찍한 상자를 아기라도 안는 것처럼 조심스럽게 끌어안은 마히루가 "다녀왔어요."라며 곧장 소파에 앉아 상자를 무릎 위에 올렸다.

뚜껑을 천천히 열자 편지 크기에 맞춘 상자를 준비한 건지 딱 들어간 봉투가 깔끔하게 놓여 있는데, 그 위에는 메모지 같은 것이 한 장 있었다.

마히루의 꼼꼼함이 엿보이는 관리 상태에 아마네가 속으로 박수를 보내는 가운데, 마히루의 하얀 손끝이 메모를 치우고 한 봉투에 닿는다.

페이퍼 나이프로 개봉했는지 깔끔하게 열려서 내용물을 꺼낼 수 있게 된 레이스 봉투에서, 마히루는 사진을 한 장 집었다.

그대로 슬며시 꺼낸 광택을 내는 용지에는 한 여성이 포대에 싸인 아기를 안고서 포근하게 미소를 짓는 모습이 찍혀 있었다.

굳이 따지자면 차분하게 생긴 여성은 아마도 아마네의 부모님보다 나이가 많을 것으로 어렴풋이 짐작할 수 있는데, 품에 있는 아기에게 시선을 주고 행복해 보이는, 그러면서도 정숙한 미소를 짓고 있었다.

"이분이 코유키 씨예요. 지금은 아드님 부부의 집에 있다고 해서, 손자를 귀여워하고 있다고 해요. 아드님이 찍어 줬다고 하더라고요."

"그래서 아기를 안고 있는 거구나. 역시 왠지 모르게 마히루를 닮은 것 같아."

"기분 탓일 거예요. 피는 한 방울도 안 섞였으니까요."

이어서 '그러면 얼마나 좋을까' 하는 마히루의 마음이 들린 것 같아 가슴이 아팠지만, 아마네는 그걸 들키지 않도록 일부러 담담한 투로 말을 잇는다.

"음, 이런 건 핏줄과 관계없이 함께 살면서 닮아가는 거라고 봐. 말투나, 사고방식, 행동거지 같은 게 말이야."

핏줄만이 인간을 만드는 요소라곤 생각하지 않는다.

마히루를 형성하는 것은 확실히 유전자에도 있겠지만, 마히루를 지금껏 지탱하고, 지금의 마히루를 형성한 것은 코유키라고, 아마네는 사진을 보고 더욱 확신했다.

"적어도 나는 마히루가 웃는 얼굴이 이 코유키 씨를 똑 닮았다고 생각해."

마히루는 아마도 자신이 웃는 걸 객관적으로 확인한 적이 없으리라.

남에게 사진을 찍히는 것을 별로 좋아하지 않는 데다가, 자기 사진도 찍지 않는다. 나아가 사진을 찍히는 걸 알 때는 의식해서 웃을 일이 많을 마히루는 아마네와 단둘이 있을 때 보여주는 미소를 모르는 것이다.

조금 망설이긴 했지만, 아마네는 자기 스마트폰을 꺼내 사진 폴더를 뒤져서 한 사진을 찾아내고, 마히루에게 보여주듯 스마트폰을 기울였다.

예전에 마히루가 아마네와 지내면서 무척 행복해 보이는 미소를 지을 때를 찍은 적이 있는데, 정작 촬영을 허락한 마히루는 수줍어하기만 하고 사진을 확인하려고 하지 않았다.

마히루가 아마네의 사생활을 존중해서 확인하지 않은 점도 문제였다.

확인해 봤다면 얼마나 코유키와 겹치는 부분이 있는지 알 수 있었을 텐데.

"봐봐. 진짜 예쁘게 웃잖아. 입꼬리가 올라간 부분이라든가, 눈빛이라든가, 눈꼬리가 처진 느낌이라든가, 진짜 닮은 것 같아. 사진밖에 없지만, 전체적인 분위기가 똑같아."

표시된 화면에는 똑같이 부드럽게, 온 세상의 행복을 다 모은 것처럼 예쁘게 미소를 짓는 마히루가 있었다.

처음으로 자기가 진심으로 웃는 얼굴을 본 마히루는 스마트폰 화면을 응시하더니, 이어서 믿기지 않는다는 것처럼 자기 뺨을 만지고 코유키의 사진과 자기 사진을 번갈아 보고 있다.

"그런 말은, 처음 들어요."

"그야 본 사람이 없어서 그렇지 않을까? 서로 봐서는 모르겠지. 자신은 모르는, 닮은 부분이 있을 거야. 아마도 만나 보면 더 닮았다는 느낌이 들겠는데."

사진만 보고 판단할 수는 없지만, 아마도 아마네의 예상이 맞을 것이다.

"닮았어……."

아마네의 말을 되새기듯 중얼거린 마히루는 울먹이듯 목소리를 조금 떨면서 나지막하게 "기뻐요."라고 숨결을 섞어 말하고, 아마네의 팔에 기댔다.

머리를 꾹꾹 들이대며 아마네에게 밀착한 마히루는 고개를 숙인 탓에 아마네의 각도에서는 얼굴이 보이지 않지만, 그 표정이 어둡지 않을 것은 안 봐도 알 수 있다.

아마네는 꾸겨지지 않게 사진을 가슴에 댄 마히루에게 미소를 짓고, 기분이 내킬 때까지 조용히 몸을 밀착했다.

"마히루, 떨어졌어."

고개를 든 마히루는 이미 평소처럼, 그러나 왠지 자랑스러운 기색으로 미소를 짓고 사진을 소심스럽게 원래 장소에 넣었다.

그때 편지 다발 위에 있던 메모지가 떨어져서, 아마네는 별생각 없이 집어 들었다.

주울 때 우연히 글씨가 있는 면이 위여서 무심코 메모지를 수놓은 글씨를 읽고 말았다.

마히루의 글씨가 아닌, 또박또박하고 예쁜 글씨가 자아내는 것은 로마자 문장이 한 줄, 숫자가 한 줄, 그리고 한자가 섞인 문장이 한 줄.

짧게 적힌 그것이 눈에 확 들어오고, 이어서 너무 봐서는 안 된다며 허둥지둥 메모지에서 시선을 떼자 마히루가 보물 상자에 손을 슬며시 올렸다.

"고마워요."

순진무구한 웃음을 보여주는 마히루는 아마네의 낌새를 눈치채지 않고, 그저 순수하게 고마움을 표하고 뚜껑을 닫아 소중히 품에 안았다.

특별히 보여준, 마히루의 소중한 것, 소중한 존재.

마히루에게서 여실히 느껴지는 코유키를 향한 존경을 지켜보면서, 아마네는 기쁨을 곱씹고 있는 마히루의 머리를 쓰다듬고 천천히 올라오는 죄악감에서 눈을 돌렸다.

"이걸 어쩐다……."

제5화

아직 먼 미래의

다음 날. 이츠키는 아침부터 기분이 상한 것이 딱 드러나는 얼굴로 자기 자리에 앉아 있었다.

굳이 따지자면 아마네가 먼저 학교에 도착하는 일이 많은데, 오늘은 원체 일찍 집에서 나온 듯하다. 바깥의 추위가 드러나지 않는 얼굴색을 보아하니 지금보다 몇십 분은 더 일찍 도착했을 것이다.

그래도 삼자면담 전보다는 짜증이 부쩍 가라앉은 느낌이어서, 삼자면담이 최악의 결과로 끝나진 않은 것 같았다.

"안녕. 못마땅한 얼굴인걸."

"안녕. 그게 보자마자 할 말이야?"

어디까지나 평소처럼 가볍게 인사하자, 이츠키는 창밖을 향한 시선을 아마네에게 돌리고 어이없다는 듯이 웃었다.

그 태도에서 예상이 확신으로 바뀌고, 아마네는 평소와 똑같은 얼굴로 "얼굴에 티가 나더라고."라며 어깨를 으쓱했다.

"어제는 어땠어?"

"어, 그걸 듣고 싶어?"

"듣고 싶다고 할까, 폭탄을 보듯 대하거나 물어보지 않으면

너도 기분이 복잡해지지 않겠어? 신경을 써 주는 것 같다고 기분이 이상해질 거잖아."

"그걸 이해해 주는 게 더 복잡한데."

"그건 포기해 줘."

이츠키는 어중간하게 의식할 바에는 차라리 당당히 덤비라는 성격이므로, 괜한 배려는 오히려 상처를 줄 것이다.

그렇다면 다소 무례하더라도 대놓고 물어보는 것이 이츠키의 심정으로 봐도 더 좋을 것 같아서 한 말인데, 조금 안도하는 듯한 얼굴을 보면 틀린 게 아님을 깨달았다.

"뭐, 평행선이었어. 역시 어떻게든 여기에 가야 한다는 생각이 있으니까 나랑은 의견이 맞지 않는단 말이지. 멋대로 입시용 이수 과목을 정했다가 혼났어."

"아……."

아마네도 은근히 비슷한 짓을 하지만, 전반적으로 아마네가 하는 일을 긍정해 주는 부모님과 이츠키를 막으려고 하는 다이키 씨 사이에서는 결과가 정반대이므로, 아마네는 조금 미안한 기분이 들었다.

"이미 제출했으니까 됐어."

"강경한걸."

"그럴 수밖에 없잖아. 빌빌대면 아버지가 강제하니까 당당하게 온 힘을 다해 밀어붙일 수밖에 없다고. 이미 힘으로 밀어붙일 수밖에 없어."

투덜대지 않고 강경하게 나가기로 한 이츠키는 "정말 곤란하다고.”라며 한숨을 쉬면서도 긍정적인 눈빛을 보여주었다.

“다행히 어머니는 ‘거봐, 내가 뭐랬어. 반항아에게 강제해도 소용없어.’, ‘내가 그랬잖아. 너무 강요하면 폭발해서 지시도 조언도 안 듣게 된다고.’, ‘당신도 슬슬 포기해.’ 라고 아버지를 타이르는 쪽으로 돌아섰으니까 잘될 거야.”

“너희 어머니는 정말 강렬한걸.”

“자기주장이 강하다고 할까, 거침없이 단호하다고 할까. 아무튼 뭐든지 딱 잘라 말하고, 도리를 지키지 않는 걸 싫어할걸.”

아마네가 보고 들은 다른 어머니들보다 단호하게 말할 줄 아는 분이라는 것이 아마네의 감상인데, 자식인 이츠키가 봐도 똑같은 것이리라.

“우리 집도 일반적인 부모와는 다른 것 같단 말이지. 어머니는 내 진로에 관심이 전혀 없는 건 아니어도 방임주의라고 할까. 하고 싶은 일이 있으면 마음대로 하라고 일임한다고 할까.”

“뭐, 인정해 주는 것 같으니까 너한테는 잘된 일 아닐까?”

“그 대신에 ‘반드시 합격할 수 있게 노력해. 자기가 한 말이니까 나중에 투덜대지 마. 자기 발언에는 책임을 지고 행동해.’ 라는 말도 들었는데.”

“그, 그건 잘된 일로 치자. 응.”

말이 지나친 것 같지만, 이츠키를 채찍질하려는 목적도 있을 것 같으니까 아마네는 이러쿵저러쿵 따질 수가 없었다.

“그건 그렇지. 내가 노력하면 될 일이니까.”

"우리 모두 노력할 수밖에 없단 말이지."

결국 노력할 수밖에 없다는 사실은 달라지지 않으므로, 내년에 수험생이 되는 사람끼리 굳게 다짐할 수밖에 없다.

"아마네 너도 이미 정하고 그쪽에 집중할 거잖아?"

"일단은 말이지. 나는 명확하게 하고 싶은 일이 없지만, 배우고 싶은 분야는 있고, 자립할 수 있게 되고 싶으니까. 하고 싶은 일은 나중에 찾을 거고, 만약 그걸 직업으로 삼을 수 없어도 취미로 하면 된다고 생각해."

"그런 걸 정했으면 된 거잖아. 그나저나 넌 시이나 양과 같이 사는 것이 대단한 원동력이 되겠는걸."

"시끄러워."

"헤헤헤. 대학에서는 벌써 동거할지도."

"야."

기운을 차리자마자 내달리는 이츠키 때문에 얼굴 근육이 딱딱해지기 시작했을 때, "이츠키는 자꾸 그렇게 놀리다가 나중에 후지미야한테 된통 당할걸."이라고 온화하게 말하는 목소리가 들려왔다.

목소리가 들린 방향으로 몸을 돌리자 평소처럼 안정적이고 부드러운 표정을 지은 소년, 카도와키 유타가 등에 멘 가방을 내려놓는 모습이 시야에 들어왔다.

"유타냐. 안녕."

"다들, 좋은 아침이야."

"안녕."

여전히 차분한 유타는 이츠키를 타이르듯 "적당히 해."라고 짤막하게 경고하고는 자기 자리에 가방을 건 다음 이쪽으로 돌아왔다.

"결국 어쩌다가 그런 이야기가 나온 거야?"

"아, 삼자면담 이야기를 하다가 그랬던가? 장래에 뭘 할지 말하다가 이 녀석이 쓸데없는 소리를 해서."

"쓸데없는 소리는 너무 심한 말 아니야?!"

"이츠키는 후지미야를 놀리느라 정신이 없으니까. 그 말은 타당할 거야."

"유타는 내 편이 될 생각이 없구만?"

"응."

이츠키는 아무렇지도 않게 고개를 끄덕인 유타에게 충격받은 것처럼 호들갑스럽게 휘청거리지만, 일부러 그러는 것임을 아는 아마네와 유타는 무시하고 시선을 주고받았다.

"역시 다들 삼자면담 일로 술렁거리네."

"그렇겠지. 역시 입시가 눈에 띄게 다가온 느낌이 드니까."

"은근슬쩍 너무하네, 이 자식들."

곧바로 충격받은 척한 태도에서 회복한 이츠키가 조금 원망스러운 투로 말하지만, 딱히 화내는 기색은 전혀 없이 아마네와 유타의 대화에 끼어들려는 태도를 보인다.

이것도 모두가 장난임을 아니까 가능한 대화니까, 조금 떨어진 곳에서 "잇군, 사실은 좋아서 저런 짓을 하는걸.", "그런 느낌이 조금 있네요."라고 말하는 치토세와 친구들의 대화는 이츠키에게 안 들리는 데서 해주면 좋겠다.

"카도와키는 내일모레가 삼자면담이던가?"

"응. 누나들이 없는 날이라서 다행이야."

"따라올 것 같아."

"아하하……. 아무리 그래도 그건 단호히 거부하겠어."

아마네는 유타의 누나들을 직접 본 적이 없지만, 다른 사람을 거쳐서 성격이 강렬하다는 걸 들었으니까 유타도 참 고생이 많다며 외동아들로서 동정했다.

"카도와키 넌 진로를 정했어?"

"응. 일단 스포츠 추천으로 넣어 보고, 안 되면 일반 전형으로 볼 거야."

"유타는 대회 성적을 제법 남겼으니까…… 가능할 것 같네."

이 2학년 시점에서 유타는 좋은 대회 성적을 거둔 듯, 식전에서 단상에 오르는 걸 자주 봤다. 그러니 추천을 노릴 만한 인재임은 아마네도 의심하지 않는다.

애초에 유타 본인은 스포츠만이 아니라 성적도 좋아서 선택지가 많을 것이다.

"그러면 좋겠는데 말이야. 나 정도 하는 사람은 의외로 많거든. 더 정진해야 할 거야."

"유타는 그런 부분만 비굴하단 말이지."

"그건 후지미야의 전매특허 아니야?"

"야."

"후후. 농담한 거야."

"유타한테도 비굴한 사람으로 찍혔대요."

"시끄러워."

아마네도 자신이 비굴한 건 인정하지만, 지금은 자신감이 제법 생겼다. 가끔 자신감이 사라져도 자신이 지금 비굴해진 것을 자각하고 긍정적으로 생각할 수 있을 정도로는 자기 자신을 연마했고, 이것저것 극복했다.

이렇게 놀리는 것도 귀여운 장난 같은 거라서, 아마네는 일부러 뚱한 표정만 지었다.

"내가 미숙한 건 단순한 사실이니까. 나를 갈고닦는 보람이 있고, 성장할 여지가 있다고 감독님도 말했으니까, 공부와 병행해서 노력해야지."

"육상부 에이스는 노력가네."

"노력하지 않으면 에이스 자리를 순식간에 빼앗기니까. 나는 은퇴할 때까지 양보할 마음이 없고, 부장으로서 당당하게 부원들을 이끌고 싶어."

"아, 그렇구나. 부장인가……. 고생이 많겠네."

여름 방학이 끝난 시점에서 유타가 부장이 된 것을 떠올리고 더 바빠져서 고생이 많겠다고 공감하는 아마네에게, 유타는 그런 티를 내지 않고 "다들 잘하니까 내가 할 일은 별로 없지만." 하고 스스럼없이 말했다.

"부부장은 카즈야고, 감독님도 계시니까. 믿음직한 부원들밖에 없어서 다행이야. 내가 아무것도 하지 않아서 미안할 정도로."

"부장님 등을 보고 자란 거겠지."

"그러게."

"칭찬해도 줄 건 없거든?"

"이럴 때는 쑥스러워하는 반응을 끌어내 보려고."

씩 웃고 놀리려고 드는 이츠키에게, 유타는 동요하는 기색을 일절 보이지 않는다. 똑같이 씩 웃고 이츠키를 바라본다.

"흐응? 그러면 나도 이츠키가 쑥스러워할 반응을 끌어내 볼까? 맞다, 후지미야. 요전번에 이츠키가."

"죄송합니다. 용서해 주세요."

태세 전환이 빠르다. 아마네는 무심코 황당해했지만, 이츠키가 너무 싹싹 비는 걸 보면 어지간히 알리기 싫은 짓을 저질렀음을 짐작했다.

다만 그 내용은 아쉽게도 듣기 전에 막혀서 모르겠지만, 아무튼 이츠키의 약점이 될 수 있는 것임은 확실하리라.

"뭘 한 거야? 아니면 뭘 하려고 한 거야, 너는?"

"아무 일도 아닙니다. 묻지 마."

"아하하. 이츠키가 시선으로 용서를 비니까 그만둘게."

"이츠키의 가장 강적은 카도와키였다……?"

호쾌하게 웃는데도 전혀 밉지 않은 유타를 보고, 아마네는 이건 정말 강하다고 확신했다. 그리고 이거라면 이츠키를 견제할 때 써먹을 수 있겠다며 본인이 알면 떫은 표정을 지을 법한 일을 생각하고 헤아릴 수 없는 웃음을 짓는 유타를 바라봤다.

마히루의 삼자면담은 비교적 늦은 시간대였다. 도서관에서 자습하며 시간을 때운 아마네는 마히루에게 다 끝났다는 메시지를 받고 합류 장소인 신발장 앞으로 이동하기 시작했다.

오늘도 아르바이트를 쉰 것은 마히루를 혼자 귀가하게 하고 싶지 않았기 때문이다.

해가 저무는 것을 창문을 통해 보면서 제법 조용해진 교내를 걷고 도착한 현관에서는 먼저 도착한 듯한 마히루가 이미 신발을 다 갈아신고 스마트폰을 보고 있었다.

활짝 열린 문에서는 주홍색에 가까운 저녁놀이 들어와 마히루의 황갈색 머리를 진하게 물들이고 있었다.

주위에 학생이 없어서 그런지 왠지 쓸쓸해 보인다.

"고생했어."

참지 못하고 말을 걸자, 고개를 숙여 스마트폰을 보던 마히루가 얼굴을 보이고 부드럽게 미소를 지었다.

"기다리게 했네요. 기다려 줘서 고마워요."

신발을 신고 올 수 있는 한계선까지 타박타박 뛰어온 마히루에게서 흔들리는 꼬리가 보인 것 같아 신음이 나올 뻔했다. 아마네는 왠지 수상하게 보일 것 같아서 침을 꿀꺽 삼켜 얼버무린 다음 부드러운 머리카락을 슬며시 어루만졌다.

"괜찮아. 내가 멋대로 기다린 거니까. 나야말로 미안해. 여긴 춥지?"

"그런 걸 자기 책임으로 느끼는 것이 아마네 군다워요. 제가 미안해하지 않게 하는 점도요."

"그걸 간파하지 마."

"후후. 간파할 거예요. 그리고 고마워요."

"오냐."

아마네의 사고 회로를 이해해 주는 건 기쁘지만, 이것저것 다 간파하면 곤란하기도 하니까 이번에는 쑥스러움이 더 앞선다.

그러나 그것도 다 간파한 듯한 마히루가 작고 즐겁게 소리를 내어 웃으니까, 아마네는 기분이 이상해져서 고개를 홱 돌리고 자기 신발장 문을 열었다.

"어땠어……?"

둘이 같이 천천히 집으로 가면서, 아마네는 머뭇거리며 마히루에게 물어봤다.

뭐가 어땠냐는 건지를 금방 이해한 듯한 마히루가 "음……." 하고 난처한 듯 소리를 내는데, 거기서 고뇌하는 느낌은 하나도 없다. 마히루는 이미 다 끝난 일로 생각하니까 가벼운 분위기를 낼 수 있는 거겠지.

"어땠냐고 해도 대답하기 어려운데요. 부모가 오지 않는 것에 관해서는 선생님도 올 한 해 동안에 잘 이해하셨는지 오지 않는다고 했더니 그냥 넘어가 주셨어요. 조금 떨떠름한 표정이긴 했지만요."

"그야 당연하겠지."

"저로선 더 어쩔 수도 없는데 말이죠."

당연히 오지 않을 거라며 대수롭지 않게 말한 마히루는 못 말리겠다는 것처럼 고개를 숙이고 지친 것처럼 한숨을 쉬었다.

"솔직히 너무 신경을 써도 곤란한데 말이죠. 이미 끝난 일이니까요. 먼저 전달했는데도 실제로 면담이 시작되자 침울한 분위기를 내서…… 오히려 제가 더 신경이 쓰였어요."

"민감한 부분이니까 선생님도 어떻게 대할지 고려했을 거야."

"그걸 이해하고도 역시 폭탄처럼 대하는 건 당하는 사람으로서 기분이 좋지 않아요. 제가 신경을 쓰지 않는다면 더더욱."

"그렇게 말해도 선생님은 신경을 쓰겠지. 면담 자체는 문제없었고?"

"전 나름대로 노력하고 있으니까요. 학업 쪽은 전혀 걱정하지 않으셨어요. 성적과 품행도 문제가 있는 게 아니니까요. 희망 대학의 합격선을 고려해도 충분히 갈 수 있다고 하셨어요. 가능하면 공개 추천으로 일찍 합격을 확정하고 싶지만, 떨어지면 일반 전형으로 가야죠."

마히루가 문제라면 어지간한 학생은 모두 문제가 있는 셈이니까 교사의 평가도 타당한 것이리라. 굳이 말하자면 아마네도 들은 것처럼 동아리 활동을 하지 않는 거겠지만, 마히루는 자격증을 따거나 모의고사를 적극적으로 볼 것 같으니까 큰 타격은 없을 것 같다.

궁금한 것은 지금껏 일부러 깊이 물어보지 않았던, 마히루가 바라는 진로다.

"마히루는, 진로를."

"가능하면 아마네 군이 지금 희망하는 대학이 좋겠어요. 학부는 다르지만요."

아무렇지도 않게 말해서 오히려 아마네가 동요하는데, 마히루는 희미하게 웃었다.

"아, 아마네 군과 함께 있고 싶어서 진로를 정한 건 아니에요. 저는 저 나름대로 결정한 거니까요. 아무리 그래도 연애를 이유로 진로를 정할 순 없고요."

"응. 마히루는 자기 진로를 남에게 맡기는 성격이 아니니까. 그건 나도 알아."

"후후. 그 정도로 찰싹 달라붙진 않아요. 하지만 고민되는 부분은 있네요."

"고민되는 부분?"

"그게, 만약 희망하는 대학에 같이 다닌다고 쳤을 때…… 이 맨션은 조금 불편하겠죠. 저기, 캠퍼스가 조금 머니까요. 여기는 입지가 마음에 드는데 말이죠."

"음. 정말로 통학 시간이 편도 한 시간은 가뿐하게 나올 것 같단 말이지. 그나마 짧은 편이라고 보지만, 이런 통학 시간을 줄이기만 해도 훨씬 편해질 거니까."

목표는 도쿄에 있는 대학이지만, 장소는 23구 내에 있다. 23구 밖에서 사는 데다가 역까지 걸어가야 하는 이곳에서 다니려면 시간이 제법 오래 걸린다.

다른 지역에서 통학하는 것보다는 어지간히 여유가 있다고 해도, 가능하면 통학 시간을 최대한 줄이고 싶다. 대학에 다니는 기력에 영향을 미치므로, 근처에서 살 수만 있다면 그러는 편이 여유가 생기리라.

"그렇다고 해서 학생 기숙사를 이용하면 마히루와 마음 편히 만날 수도 없어지니까. 그리고 나는 집단생활을 별로 좋아하지 않는다고 할까, 화장실과 욕실을 공동으로 쓰는 게 싫고, 시끄러운 것도 좋아하지 않으니까 말이야. 마음이 내키지 않는단 말이지."

"저도 그래요. 아마네 군을 볼 수 없게 되면 쓸쓸하니까요."

"그렇다면 다른 맨션으로 이사해야 하는데. 마히루와 멀리 떨어지고 싶지 않다는 건 너무 억지일까?"

모처럼 사귀고 옆집에서 사는데, 진학을 계기로 멀어지는 것은 아마네도 단호히 거부하고 싶다. 하지만 마히루도 똑같이 생각했는지 황갈색 머리를 가볍게 찰랑거리며 고개를 저은 다음, 수줍게 웃었다.

"저기, 그건, 제가 더 그렇다고 할까요. 저도, 가능하면, 곁에 있고 싶어요."

"응. 기뻐."

멀어지길 바라지 않는다는 사실에서 기쁨을 느끼며, 만약 이사한다면 부모님과 먼저 상의해야 한다는 현실적인 일을 떠올렸다.

진학은 이쪽에서 하겠다고 부모님에게 말했으니까 자취를 연장하는 것도 이해해 줄 것이고, 집세가 날라시시 않는다면 이사하는 것도 어느 정도는 허가해 주지 않을까.

하지만 집세가 같고 보안도 철저한 곳이라면 면적에서 타협해도 예산에 맞출 수 있을지 불안해진다. 대학에서 조금 멀어서 집세가 싼 곳을 선택하더라도, 23구 안팎으로는 차이가 심하지 않을까.

그렇게 생각하면 이사하겠다고 간단히 말할 수 없다. 그래서 어떻게 할지 입에 손을 대고 끙끙대는 아마네를 마히루가 걱정스럽게 쳐다본다.

그 모습을 보고, 한 가지 아이디어가 번뜩 떠올랐다.

"차라리 같이 사는 게 더 편하겠는걸."

"흐에?"

이상하게 놀라는 소리가 들렸지만, 아마네는 그대로 말을 잇는다.

"둘이서 같이 살면 결과적으로 집세를 절약할 수 있으니까. 게다가 최대한 보내고 맞이하기 편한 게 좋겠지?"

집을 두 곳 빌리는 것보다 넓은 집을 하나 빌리는 것이 수도, 전기, 가스 요금 등이 쌀 것 같다는 안이한 발상이지만, 나쁘진 않으리라.

부모님도 마히루와의 룸쉐어라면 은근히, 아니 두 손을 번쩍들고 찬성할 것 같다.

스마트폰으로 희망 대학 근처의 부동산 월세를 슬쩍 알아보면서 계산하는 아마네에게, 마히루는 "그, 그렇겠네요……."라고 긍정하는 건지 아닌 건지 잘 모르는 느낌으로 말을 흐렸다.

"마히루?"

좋은 아이디어라고 생각했는데, 마히루의 표정은 뻣뻣하고, 어두운…… 아니, 곤혹과 수치심이 넓게 퍼져 있었다.

"아마네 군은, 저랑 같이 살아도 좋다고, 생각해 주는 거군요."

힘겹게 중얼거리는 그 말을 듣고, 아마네는 스마트폰을 다리에 떨어뜨렸다.

(이거, 내가 동거하자고 말하는 거 아닌가?)

정말 아무렇지도 않게 한 말이어서 전혀 의식하지 않았지만, 다시 말해 그런 뜻이다. 마히루도 그런 뜻으로 받아들였다.

의식하면 반응이 빠르다. 단숨에 끓어오르듯 머릿속이 뒤죽박죽 섞여서, 아마네는 흘러넘치는 부끄럼과 눈치 없는 자신에 대한 한심함, 마히루를 혼란에 빠뜨린 미안함 등으로 허둥지둥 손을 힘차게 흔들었다.

"미, 미안해. 터무니없는 소리를 했지! 마히루도 사생활이 있어야 하고, 내가 혼자 정하려고 한 것도 아니거든?! 장래를 생각했다고 할까, 저기, 둘이서 같이 사는 게, 행복할 것 같고, 대학 생활도 열심히 할 수 있을 것 같다고 내가 멋대로 생각한 거라고 할까……. 저기, 그게, 미안해."

멋대로 혼자 이야기를 진행해서 마히루의 의사를 확인하지 않은 점을 크게 반성해야 하니까 허둥지둥 최대한 손짓발짓으로 마히루에게 사과하는데, 마히루는 아마네의 태도를 보고 눈을 슬쩍 흘겼다.

화내는 것보다는, 황당해하는 것처럼 보인다.

"지금 사과하면 제가 퇴짜를 놓은 것 같은데요?"

"그, 그런 뜻으로 한 말은 아니지만 말이야. 저기, 멋대로 정한 건 사실이니까."

"아마네 군이 말하는, 멋대로 정했다는 건, 제 뜻을 무시하고 혼자 다 정했다는 뜻일까요?"

"네."

"그렇다면, 멋대로 정한 게, 아니에요……."

잘못 들은 줄 알았다.

너무나도 자기한테 유리한 말이 들려서 귀를 의심했는데, 황급히 마히루를 보니 뺨이 확 빨개지고, 눈치를 보듯, 기대하듯이, 촉촉하게 젖은 눈으로 아마네를 쳐다보고 있었다.

이걸 보고 싫어한다고 생각할 만큼, 아마네는 둔감하지 않다. 함께 사는 것을, 한 지붕 아래에서 생활하는 것을 바란다는 뜻이라고 생각하니, 가슴속에서 불길이 확 퍼진 것처럼 뜨거워지고, 눈으로 열기가 치밀어 오른다.

"저는, 그 제안을 받아들여도, 되는데요."

"응……."

조심스럽게, 부끄러움을 참고서 내놓은 말에, 아마네는 심장 소리가 몸을 다그치듯 울리는 것을 느끼며 조용히 고개를 끄덕였다.

"기뻐요."

"나도, 그래."

아무리 마히루와 함께 지내며 서로를 만졌어도, 이때의 어색함을 완화할 수는 없었다. 두 사람이 살 곳을 하나로 합칠 의사가 있음을 서로 확인한 셈이니까, 당연하다고 할 수 있다.

지금은 어디까지나 마히루가 오가는 형태로 시간을 마히루와 거의 공유하고 있지만, 동거와는 아직 다르다.

동거가 아니냐며 놀리던 이츠키의 말을 단호히 부정했던 아마네가 무의식중에 그걸 원했다는 사실이 몹시 부끄럽지만, 한편으로 마히루가 그걸 받아들여 줬다고 생각하니 부끄러움을 넘어선 기쁨에 전부 휩쓸려 나간다.

마히루는 아마네의 시선을 수줍게 받아들이고, 부끄러움이 섞인 순진한 미소를 지었다.

"지금도 무척 행복한데, 매일 아마네 군을 맞이하고, 아마네 군이 저를 마중해 주고, 자기 전에는 잘 자라고 말하거나 함께 집에서 다녀오겠다고 말할 수 있다는 거군요. 상상만 해도, 무척, 좋아요. 행복해요."

본인이 한 말을 그대로 드러낸 것처럼 행복한 미소에 넋이 나간 아마네에게, 마히루는 문득 무언가를 깨달은 것처럼 조금 불안한 표정을 보였다.

"아, 아마네 군의 부모님께 인사를, 드리러 가는 게 좋을까요? 마음대로 결정하면 안 되겠죠? 두 분의 소중한 아들이니까……."

"음. 뭐, 그럴지도 모르지만. 우리 부모님은 반길걸. 그렇게 따지면 나도 코유키 씨한테 인사하러 가야 하나……?"

마히루의 친부모의 경우, 아버지 쪽은 어떨지 몰라도 어머니 쪽은 마히루에게 너무 무관심하다. 따라서 마히루를 불안하게 할 필요가 없다고 생각해서 일부러 생략한 부분을 마히루가 눈치채지 못한 건 다행이다.

여차하면 아마네가 연락할 수 있는 마히루의 아버지, 아사히 씨에게 딸을 데려가겠다고 선언할 작정이니까, 마히루는 행복한 일만 생각해 주길 바란다.

"코유키 씨라면 역시 마히루를 걱정할 테고, 어디서 굴러먹던 놈인지도 모르는 남자가 마히루랑 같이 살면 불안할 거야. 오히려 지금부터 먼저 인사하러 가는 게 나은데."

"그, 그건 저도 가고 싶다고 할까요. 보고 싶어요. 아마네 군을 소개해서 이야기를 많이 해주고 싶으니까…… 꼭 기회를 만들어서 가고 싶어요."

"그, 그래. 꼭 그러자."

한동안 허둥지둥 그런 말을 주고받았지만, 잘 생각해 보면 아직 대학에 합격하지도 않았으니까 너무 성급한 건 명백하다. 그 성급함과 착각을 깨닫고 나서는 서로가 무심코 웃고 말았다.

그래도 장래의 확실한 약속이 두 사람 사이에서 이루어진 것은 서로의 가슴에 큰 희망과 수많은 행복을 깃들이게 하기 충분하리라.

"입시. 힘내야 하겠네요. 우리 모두."

"응. 반드시 붙도록 노력할게. 할 일이 많은걸."

"아마네 군은 자기가 늘린 거지만요."

"그러게 말이야. 뭐, 이건 입시를 이해하고 내가 선택한 거니까, 목표까지 책임감 있게 전념할 거야. 공부도 소홀히 하지 않을 거고."

아르바이트에 관해서는 아마네도 전부 각오하고 할 일에 넣었으니까 그걸 이유로 노력을 소홀히 할 마음은 없다. 내가 할 수 있다고 생각해서 그 길을 택했다.

"저도 아마네 군이 정한 일이니까 뭐라고 할 마음이 없어요. 저는 응원하고 매일 도울 뿐이에요."

"아니. 마히루도 자기 일을 우선해. 이건 내 사정이니까."

"무리하지 않는 선에서 제가 멋대로 하는 거니까요."

"그건 굽히지 않는 거구나……."

"후후. 저는 그런 사람이에요."

"알아."

마히루도 아마네도 최근 1년 동안 서로가 어떤 사람인지, 천천히 알고, 공감했기에, 두 사람 모두 한번 정한 일을 양보하지 않는다는 것을 잘 안다.

그렇기에 상대의 선택을 존중하고, 소중히 여기는 것이 중요하며, 함께 살아가는 데 있어서 즐겁게 지내는 비결이라고 다시금 실감하면서, 아마네는 응석을 부리듯 몸을 기댄 마히루의 손을 잡았다.

(이야기할 기회, 인가.)

아까 대화를 떠올리고, 속으로만 중얼거린다.

마히루가 집에 가면 쓰다 말고 임시보관함 폴더에 둔 메일을 마저 쓰자고 결심했다.

제6화　　선배에게 고민 상담

　11월에서 12월에 걸친 삼자면담과 정기고사 준비 기간. 얼마 전에는 민간 기업에서 실시하는 모의고사가 있기도 해서 고등학생에겐 분주한 시기지만, 그건 아마네도 예외는 아니다.

　다만 12월 초에는 정기고사가 기다리는 데다가 마히루의 생일도 있어서 아르바이트를 쉬는 날이 많아지는 바람에 좀처럼 일할 시간이 생기지 않는다. 그래서 틈틈이 비는 시간을 노려 아르바이트 근무를 끼워 넣고 있었다.

　"아, 벌써 그런 시기인가. 젊은 사람은 고생이 많아."

　시간대가 밤에 가까워진 탓인지 가게가 많이 한산해져서 이야기할 여유가 생겼는지라, 잡담하면서 요즘 있었던 일을 보고했다.

　똑같은 시간대에 근무가 잡힌 선배, 미야모토 다이치는 식기세척기에 돌릴 수 없는 사이펀을 꼼꼼하게 씻으며 추억을 더듬듯 고개를 연신 끄덕이고 있다.

　"미야모토 선배도 진짜 젊은데요."

　"나는 이미 입시 시즌을 돌파한 승리자니까."

　"너는 다음에 취업 시즌을 돌파해야 하잖아."

"그건 너도 똑같잖아."

오늘 마지막 손님 같은 사람을 배웅하고 돌아온 듯한 오오하시 리노는 자신의 지적이 미야모토의 지적에 그대로 반격당하는 바람에 끙끙거리며 우울한 표정을 지었다.

기본적으로 친절하고 밝은 사람이지만, 미야모토와는 서로 은근히 막 대하는 걸 보면 아마네로선 사이가 좋다고 느끼는데, 그걸 말했다간 확실하게 본인들이 한목소리로 부정할 테니까 아무 말도 하지 않았다.

"참고로 두 분은 수험생 때 어땠죠?"

"떠올리기 싫어."

"아."

"나는 평범하게 공부해서 평범하게 붙은 느낌이 있어. 그야 고등학교 입시 때보다 몇 배나 공부했으니까."

"후지미야짱. 이 인간은 노는 것처럼 보여도 은근슬쩍 똑똑하니까 신용하지 않는 게 좋아. 갑자기 배신할걸."

성적에 관해서 물어볼 기회가 별로 없었지만, 미야모토는 성적이 좋다는 듯, 오오하시가 퉤퉤 소리를 내며 말했다.

"너보단 성적이 좋았지. 나는 학업 면에서 근면했으니까."

"짝퉁 양아치."

"하하하. 마음대로 말해. 평소의 노력은 배신하지 않아."

"토 나와."

오래 알고 지낸 사이라서 그런지 말을 막 던지는 모습에 아마네는 조마조마하지만, 미야모토는 아랑곳하지 않으니까 항상 있는 일이리라.

자신과 이츠키도 이런 식으로 대화한다고 생각하니 걱정하지 않아도 될 것 같기도 한데, 미야모토는 매정한 대우를 받아도 괜찮은 걸까? 그런 불안이 생기기도 했다.

남이 참견할 일은 아니지만, 오오하시를 향한 미야모토의 감정은 아마네도 어렴풋이 짐작하고 있다.

보답받기를 바라긴 하지만, 끼어들면 안 되니까 사정을 이해하고 있는 소우지와 함께 지켜볼 수밖에 없는 상황이다.

"이 시기엔 진로 상담, 시험, 크리스마스 같이 현실에서 바쁘니까. 참고로 시험 전 아르바이트 조정은 일찍 해주는 게 오너도 편해."

"아, 그건 일찍 제출했어요. 정기 고사 전에는 시간을 조금 줄여서 공부하는 데 쓰려고요."

마히루의 생일도 고려해서 준비 기간을 마련하지만, 그렇다고 해서 전부 쉴 수도 없다. 시간을 잘 조정해서 대비하고, 반드시 성공할 작정이다.

"오케이. 우리도 먼저 알면 마음의 준비를 할 수 있으니까."

"크리스마스 근무는…… 역시 여친과 데이트하고 싶겠지? 바람맞힐 순 없을 테니까."

"그야 뭐……."

애인이 없는 사람은 크리스마스 근무에 투입되기 쉽다는 말을 들은 적이 있는데, 아마네가 남에게 그 근무를 떠넘기는 처지가 될 줄은 몰랐다.

크리스마스에 약속을 잡으면 예정이 없는 사람에게 일이 돌아오는 것이 당연한 흐름으로, 지금 그걸 통감해서 미안한 나머지 머리를 숙이고 싶어지는데, 미야모토는 그런 아마네에게 담담하게 웃어 보였다.

"괜찮아. 여친이랑 잘 놀다 와."

"하지만 저만 쉬는 건."

"괜찮아. 후지미야는 아직 본 적이 없는 오전 근무자가 들어오는 게 확정이니까. 크리스마스 전부터 연말에 걸친 기간에는 시급도 많이 주니까 돈을 벌고 싶다고 근무를 넣는단 말이지. 나도 넣을 예정이고."

미야모토는 성수기의 음식점은 바빠질 수밖에 없는 만큼 시급을 올리고 수당을 주는 등, 예정이 없는 사람에게는 딱 좋은 이벤트라며 웃었다.

"데이트할 사람이 없으니까."

"말이 많네. 너도 똑같잖아."

"왜 헤어진 걸 아는데?"

"네가 일일이 말하잖아. 기억 안 나?"

"저, 저기 진정하시죠."

어째서인지 둘만 이야기하게 두면 싸우려고 하니까 아마네가 중간에 끼어들고, 화제를 바꾸고자 두 사람을 돌아본다.

"그것보다 물어보고 싶은 게 있는데요."

"응?"

"대학 생활은 어떤 느낌이죠? 오픈 캠퍼스에 참가해 본 적은 있는데, 분위기는 대충 짐작해도 실제로 다니는 사람들의 느낌은 몰라서요."

"아, 고등학생이라면 그런 게 궁금하겠지."

화제를 바꾸는 데 성공한 듯, 두 사람이 독기가 빠진 얼굴로 "음." 하고 고민하듯 시선을 허공에서 이리저리 돌리고 있다.

닮은꼴이라는 말은 하지 않았다.

"어떤 느낌이냐고 하면 말하기 어려운데, 고등학교의 연장선……은 아니란 말이지. 학부나 학과에 따라서 다르지만, 고등학교처럼 규칙에 딱딱 맞춰서 다니는 게 아니니까. 나는 강의 시간표를 짜지만, 옛날처럼 일정이 빡빡하진 않아. 수험생 시절이 더 빡빡했어."

"정말이지 왜 그렇게 빠듯하게 넣었을까 몰라. 인생에서 가장 빡빡하던 시기 같아."

"평소 공부하지 않아서 그런 게 아닐까?"

"입 다물어."

이 사람들은 왜 조금만 이야기해도 서로 으르렁대는 걸까 생각했지만, 두 사람 나름의 커뮤니케이션이라고 해석하기로 했다.

익숙한 소우지는 '저 사람들은 말싸움이 기본이야.'라고 하는데, 정말로 그 말이 맞다고 통감했다.

"나는 관심이 있는 분야의 강의를 들어서 무진장 즐겁지만, 관심이 없는 필수 과목 강의는 솔직히 지루해. 이것만큼은 어쩔 수 없지만."

"그걸 좋아하는 사람이 어디 있어……. 학점을 따려면 중요하지만 말이야. 없앨 수만 있다면 얼마나 좋을까. 빼먹고 싶다고 생각했는걸."

"기초가 중요하다고, 내가 누누이 말했지?"

"뭐라고?"

"자자, 진정하시고."

"뭐, 고등학교와 달리 능동적이라고 할까. 학문 연구가 메인이라서 강의 이수 관리는 자기가 해야 하니까 자기 책임의 측면이 강하다고 할까. 어느 정도는 자기가 뭘 배워야 할지 선택하니까 그 취사선택이 중요해. 그리고 일찍 일어나기 힘들면 1교시를 조심해. 죽을걸. 대학에 익숙해져서 긴장이 풀렸을 때가 가장 위험해."

"몇 번이고 잠을 잔 다이치의 절실한 충고야."

"그때는 내가 멍청했어."

"와, 바보~ 바보~."

"너도 남 말을 할 처지는 아니잖아. 고등학교 시절에 늦잠이나 퍼질러 잤으면서."

이제는 왠지 부부 만담처럼 들리는 걸 보면 이 선배들에게도 많이 익숙해진 거겠지.

"뭐, 대학마다 다르겠지만 느슨하다고 할까, 캠퍼스 라이프는 좋아. 환상을 품을 정도는 아니지만. 동아리는 들어가든 말든 상관없지만, 사기가 모르는 방향의 지식과 인맥이 생기는 일이 많지. 뭐, 정보 교환의 유용성은 있어도 가끔 동아리 파괴자가 있어서 인간관계가 비참해진 끝에 목숨이 위험해질 수도 있는 게 무섭지만."

"겁주지 마세요."

"아니, 진짜로 무서운데?"

"뭐, 그렇지."

"듣고 싶지 않으니까 그만둘게요."

뭔가 아마네가 모르는 심연을 본 듯한 두 사람이 하는 말을 듣기만 해도 오한이 느껴진다. 두 사람은 어지간히 끔찍한 것을 봤는지 진지한 얼굴로 연신 고개를 끄덕이고 있다.

"남녀 관계가 꼬이면 무서워."

"명심할게요."

결국 가장 큰 문제는 강의와 과제가 아니라 인간관계임을 명심하고, 이상한 일에 말려들지 않도록 자기방어에 전념하기로 결심했다.

"애초에 저는 여친이 아니면 접근할 마음도 없으니까 들어가도 적절한 거리를 유지하는 것을 유념할게요. 바람을 피웠다고 의심받긴 싫으니까요."

"후지미야는 이상한 여자한테 걸리지 않을 것 같은 안심감이 있어. 반대로 이상한 여자가 멋대로 덤벼들 것 같기도 하지만."

"불길한 소리는 하지 마시죠?!"

제발 그러지 말라고 몸을 떠는 아마네에게 미야모토가 "하하하. 농담이야."라고 웃지만, 별로 농담 같지 않으니까 역시 공포가 남는다.

"아무튼 무슨 일이 생기면 상담해. 그 무렵에는 취업 활동도 어느 정도 끝났을 것으로 믿고 싶으니까."

"아무 일도 없는 게 제일이란 말이지."

"뭔가 이런저런 일을 들으면 대학 생활의 환상이 사라질 것 같네요……."

"환상이 있었어?"

"아뇨. 전혀. 사회인이 되기 전의 통과점이라고 할까, 취업할 때 필요한 과정이라고 할까요. 이래도 되는 걸까요? 학문을 이수하러 간다고 할까, 미래의 직장을 확보하러 가는 게."

아마네는 대학을 즐기는 곳으로 여길 수 없고, 장차 직장을 구하기 위한 추가 준비 기간으로 생각하고 있었다.

물론 배우고 싶은 분야를 배우려는 기개와 의욕은 있지만, 그걸 직업으로 삼으려고 하는 거냐면 꼭 그렇지도 않다. 아마네는 어디까지나 그 이후의 인생에서 선택지를 늘리려고 대학에 가는 것에 가깝다.

대학이 원래 학술 연구 기관인 것은 이해하지만, 학문 연구에 모든 것을 바치겠냐고 하면 고개를 가로저을 수밖에 없다.

이래도 되는 걸까? 그런 불안이 생기지만, 현역 대학생인 미야모토는 "그걸 고민하는 모범생이구나."라고 황당해하는 눈치다.

"그래도 되지 않겠어? 오히려 확고한 각오가 있어서 '나는 이 직장에 가고 싶으니끼 이 대학에 기서 이 학문을 배울 거야!'라고 하는 고등학생은 별로 없을걸? 단순히 관심이 있는 학문을 배우고 싶다거나, 학력이 없으면 취업하기 어려우니까 같은 이유부터, 다들 가니까 나도 가야지~라거나, 취업할 때까지 자유시간이 늘어나는걸~ 같은 이유로 가는 사람도 있으니까 말이지."

"윽, 귀가 따가워."

"리노 넌 고등학교 때 울면서 애원한 아주머니한테 감사하는 게 좋아."

"엄마한테는 감사하고 있거든요~. 그리고 지금은 목표가 있으니까 괜찮거든요~."

"헤에."

"토 나와."

"뭐, 사람마다 여러 가지 이유가 있으니까 그걸 남이 뭐라고 하는 건 말이 안 되지. 이유보다는 재학 중에 뭘 이루고 싶다거나, 어떤 인생을 살고 싶다거나, 그런 게 중요할 거야. 결국 졸업한 뒤에는 자기 다리로 걸을 수밖에 없거든. 전부 자기 인생에서 결과로 볼 테니까, 자기가 그걸 만족할 수 있으면 되잖아. 남이 하는 말을 신경 쓰지 마."

부드럽게 등을 툭 밀려서, 아직 무거운 느낌이 남았던 등이 조금 가벼워졌다.

부모님처럼 부모와 자식 관계인 것도 아니다. 이해관계인 것도 아니다. 친한 친구 사이인 것도 아니다. 그저 아르바이트 일터의, 그리고 인생의 선배가 하는 말이기에 가슴이 뻥 뚫린 것 같았다.

만약 이것이 시호코나 이츠키에게 들은 말이라면 다른 느낌으로 받아들였을지도 모르지만, 지금 이 말은 미야모토에게 들어서 다행이라고 생각했다.

"어머, 대학 이야기를 하나요?"

조용히 미야모토의 말을 되새기고 있을 때, 안쪽에서 후미카가 천천히 걸어와 모습을 드러냈다.

평소 종업원들이 안 가는 안쪽에서 작업했는지, 오늘은 처음 얼굴을 봤다. 여전히 태평하고 부드럽게 미소를 짓고 있는데, 그 분위기에서 배어난 것처럼 달콤한 과자 향기가 났다.

"아, 오너. 고생하십니다."

"무진장 좋은 냄새가 나."

"후후. 기간 한정 케이크의 시험작을 안에서 만들었는데, 크리스마스 한정으로 내놓을까 생각해 봤어요."

"아하, 어쩐지 이쪽 주방에 없더라니."

보아하니 안쪽에 있는 개인적인 주방에서 작업한 듯, 어쩐지 맛있는 향기가 난다 싶었다.

후미카는 과자 만들기에 있어서 일가견이 있는 듯, 가게에서 파는 케이크는 후미카가 납득할 때까지 개량한 것만을 손님들에게 제공한다고 한다. 크리스마스 케이크는 매년 다른 것을 내놓는다고 하는데, 이렇게 뒤에서 시험작을 많이 만들어 보는 듯하다.

"이러지 마세요. 전 오늘 간식을 안 먹어서 에너지가 부족하다고요……. 저녁밥 먹기 전인데……. 으으, 냄새가 좋아."

"어머, 마침 잘됐네. 맛을 볼 사람이 필요했거든요. 몰래 맛을 봐주세요. 다른 종업원들에게 비밀이에요?"

"신이시여……."

호들갑스럽게 두 손을 모아서 기도하는 오오하시를 보고 후미카가 웃는데, 아마네의 시선을 느꼈는지 싱긋 웃고 손짓한다.

"여러분도 오세요. 단것을 싫어하지 않으면 좋겠는데요."

"앗싸. 오너의 케이크는 맛있단 말이지."

"어머, 칭찬을 잘하는군요."

"진짜인데요."

소리내어 웃는 후미카의 앞을, 미야모토와 오오하시가 걸어간다.

가지 않냐고 후미카가 시선으로 물어봐서, 아마네는 조금 침묵한 다음 후미카의 눈을 똑바로 바라봤다.

"저기, 오너, 조금 물어봐도 될까요?"

"네?"

후미카는 어리둥절한 기색으로 아마네가 무슨 말을 하려는 건지 전혀 예상하지 못하는데, 아마네는 잠시 눈을 감고서 말해도 되는지를 고민했다.

갑작스러운 소개인데도 쉽사리 고용해 주거나, 근무 시간에도 융통성을 발휘해 주거나, 마히루에게 커피 원두를 주거나, 이렇게 챙겨주는 등, 후미카에게는 여러모로 신세를 지고 있다. 이 사람이 없었다면 지금처럼 쾌적한 아르바이트 환경은 없었을 것이다.

그렇기에 지금보다 더 의지해도 좋을지 모르겠지만──── 이 사람이 적임자라고 생각한 건 사실이다.

의아한 듯이 아마네를 보는 후미카에게 미안하다고 느끼면서도, 아마네는 다가오는 X 데이를 성공시키기 위해서, 중요한 조각 하나를 손에 잡고자, 주저하면서 입을 열었다.

"초보자도 만들 수 있는 케이크 레시피를 아세요……?"

아르바이트 일을 마치고 최대한 일찍 귀가한 아마네는 경쾌하면서도 우아하게 뛰어오는 마히루를 보고 안도했다.

전철에서 늦어질지도 모른다고 연락했지만, 평소에 귀가하던 시간을 초과했으니까 마히루가 걱정할지도 모른다고 생각했다. 그리고 역시 걱정한 듯하면서도, 너무 불안해하지는 않은 것 같으니까 다행이다.

"어머, 아마네 군. 잘 다녀오셨어요. 조금 늦었네요."

"다녀왔어. 미안해. 일을 조금 거드느라 잔업이 생겼어. 별로 대단한 일은 아니야. 마히루는 내가 없는 동안에 뭔 일 있었어?"

"음. 아무것도 없어요. 굳이 말하자면 저녁 반찬으로 만든 조림이 제가 생각해도 잘된 것 정도일까요?"

"와, 그건 기대되는걸."

아마네를 기다리는 동안에 만들어 준 조림이 잘된 것은 아마네가 생각해도 반가운 일이어서 슬리퍼로 갈아신으며 입가에 웃음을 띠자, 마히루는 "기대해 주세요."라며 자신만만하게 웃었다.

후미카의 서비스 케이크를 먹었다고는 해도 남자 고등학생의 배가 그걸로 찰 리가 없다. 아마네는 오늘 마히루가 차려 준 저녁밥을 기대하고 후다닥 귀가한 것이다.

아마네는 오늘 저녁밥도 기대된다며 코트를 벗고 웃는데, 마히루는 자연스럽게 그 코트를 받았다. 아니, 사실상 강탈했다.

보아하니 대신 넣어 주려는 것 같다.

"코트, 고마워."

그렇게까지 해주지 않아도 되는데, 여친이 하고 싶어 하니까 거절할 이유도 없어서 그대로 코트를 포기했다.

마히루는 웃으며 코트를 보다가 문득 아마네의 손으로 시선을 돌린다.

"아마네 군, 손가락이 빨갛지 않아요?"

정말이지 눈썰미가 좋은 여친이다.

아마네는 진짜로 살짝, 오늘 손가락에 화상을 입었다. 그렇다고는 해도 정말 잠깐이었고, 찬물로 잘 식혔으니까 물집이 잡히지도 않았다. 조금 빨개진 정도다. 설마 눈치챌 줄은 몰랐다.

"아…… 조리장 철판에 손을 조금 댔어. 진짜 잠깐 닿아서 조금 화상을 입은 거고, 응급처치도 잘했으니까. 살짝 빨개지기만 한 거야."

"아프진 않나요?"

"지금은 거의 아프지 않아. 내가 실수한 거니까 얌전히 받아들이겠습니다."

걱정할 정도가 아니라고 하는데도 마히루가 귀엽게 입술을 꼭 다물고 불만을 주장한다. 그래서 아마네는 달래기 위해 윤기가 흐르는 황갈색 머리카락을 따라서 손바닥을 움직였다.

　화상을 입은 손이지만, 닿아도 이미 아프지 않다.

　"괜찮대도. 음식점에서 일하다 보면 흔히 있는 일이라고 선배들도 그랬어."

　"크게 다치지 않게 조심해 주세요……."

　"마히루가 걱정하지 않게 조심하겠습니다."

　"잘 말했어요."

　아마네도 쓸데없이 마히루에게 마음고생을 시키는 건 피하고 싶으니까, 다음에는 이런 일이 생기지 않게끔 할 작정이다.

　진지하게 맹세하는 아마네에게, 마히루는 "아마네 군의 몸이 제일이니까요."라며 걱정스러운 눈빛으로 보고 나서 코트를 아마네의 방에 넣으러 갔다. 아마네는 그걸 뒤에서 보다가 손을 씻으러 세면장으로 갔다.

　화상의 원인을 말하지 않은 것에 조금 죄악감이 생기면서.

제7화　소중한 준비 기간

　삼자면담을 지나서 찾아온 것은 월말부터 월초에 걸친, 정기고사 준비 기간이다.

　마히루의 생일 준비와 아르바이트로 분주한 나날을 보내는 현재 상황에서 시험 전 특유의 대책으로 더더욱 할 일이 늘어나는 바람에, 아마네는 좀처럼 느긋하게 보낼 시간이 생기지 않는다.

　하지만 보람이 있는 것도 사실이어서, 딱히 싫지는 않았다.

　"삼자면담이 끝나고 시험공부 기간인 건 우울하다고, 진짜."

　친절한 교사가 만들어 준 시험 대책용 프린트 다발을 보면서, 이츠키는 한숨을 쉬었다.

　과목에 따라선 담당 교사가 격려하는 것처럼 출제 범위를 정리한 프린트를 배포하니까 감사히 활용하는데, 양이 워낙 많다 보니 질겁하는 학생도 많다. 범위가 제법 넓어서 외워야 할 것이 많다는 것을 프린트의 양으로 알 수 있다.

　"1학년 때보다 시험의 압박감이 더 크단 말이지. 성적도 은근히 신경 쓰이고. 이쪽 부담이 너무 커. 그나저나 범위가 진짜 장난 아니네. 진도가 빨리 나가니까 어쩔 수 없지만."

"그렇다고 쳐도 이건 너무 많은 것 같아~."

이번에도 빠짐없이 치토세가 프린트 다발을 끌어안고 젊은 소녀가 보이면 안 될 시들시들한 얼굴을 보여주러 왔다. 옆자리에 있는 마히루가 치토세의 얼굴을 보고 씁쓸함이 더 강한 쓴웃음을 지으니까, 어지간히 치토세가 질색한 것을 본 거겠지.

"아니 진짜. 이건 무리. 이런 건 못 해."

"나도 이건 조금 싫은걸."

"말은 그렇게 하면서도, 아마네는 점수를 잘 받아서 성적이 좋잖아."

"그야 성실하게 수업을 들으니까."

"그 여유가 보여……. 으으……."

여기서 늘어져도 아마네는 공부를 가르쳐 주는 것밖에 해줄 수 없다. 점수 자체는 평소의 노력이 결과를 말해 주니, 치토세 본인이 노력할 수밖에 없다.

"치토세 넌 조금만 더 의욕을 내는 게 좋아……. 수학만 노골적으로 꺼리니까……."

"어떻게 하면 수학이 좋아질 수 있는지 전혀 모르겠는데, 어쩌면 좋아?"

"그건 사람마다 다르겠지. 나는 수학을 좋아하는 편이야. 적어도 우리가 보는 범위는 기본적으로 답을 도출할 수 있으니까. 퍼즐처럼 외운 공식을 넣으면 풀리는 게 재밌을걸."

"나도 군이 따시면 그런 편이야."

"그 답을 도출하지 못하겠는데요!"

"공식을 머릿속에 단단히 주입한 다음에 이야기해 보라고."

"으으!"

"치토세 양은 기피 의식이 앞서서 의욕을 내지 못하는 것이 문제예요. 암기 과목은 별로 심하지 않은데 왜 공식을 외우지 못하는 걸까요……."

"숫자만 보면 우웩 소리가 나오니까."

"그, 그건 제가 어떻게 할 수가……."

이건 이미 알레르기 증상이라고 해도 과언이 아닐 만큼 거부감이 강한 치토세에게, 강사를 맡은 마히루도 이제는 난처한 기색으로 아마네를 보고 도움을 청할 수밖에 없는 듯하다.

아마네로선 본인의 노력과 의욕이 없다면 어쩔 수 없다고 보니까, 치토세의 의욕을 끌어내는 것 말고는 방법이 없다.

"아무튼 필수 범위의 공식만 외우게 하자. 기초만이라도 외우면 낙제점 라인을 벗어날 수 있을 테니까. 나는 낙제점을 받아서 보충수업 지옥에 끌려가는 친구를 보고 싶지 않아."

"싫어!"

"뭐가 싫다는 거야. 하라고."

"으아앙. 마히루 엄마. 아빠가 괴롭혀."

옆자리에 있는 마히루에게 찰싹 달라붙는 치토세. 치토세의 키가 더 크니까 아이로는 도저히 보이지 않는다. 태도는 노골적으로 아이 같지만.

"너처럼 큰 아이를 둔 기억은 없는데 말이야. 그리고 마히루한테 달라붙지 마."

"질투하는 거야?"

"그래. 질투하는 거야."

"질투하는 걸 인정했으니까 포기할게……."

"지금 즐기는 거야?"

"기분 탓이야."

딱 봐도 즐기는 태도였는데, 아까만 해도 떼쓰던 아이에서 돌변해 진짜 뻔뻔한 태도로 고개를 획 돌린 치토세에게 머리가 지끈거린 것은 어쩔 수 없으리라.

나지막하게 "그 이전에 부부인 걸 부정하지 않았네."라고 쓸데없는 소리를 덧붙인 치토세를 째려봐서 침묵시킨 아마네는 한가득 받은 프린트를 파일철에 넣으며 슬쩍 한숨을 쉬었다.

"그러고 보니 아마네는 시험 전에 알바 어쩔 거야?"

오늘은 아르바이트 근무가 없어서 조금은 느긋하게 지낼 수 있다고 스마트폰으로 스케줄을 보면서 앞으로의 예정을 머릿속에 입력하고 있을 때, 치토세가 질문을 던졌다.

"음. 평소처럼 근무를 넣기는 했어. 평상시에 잘 공부한다고 생각하니까, 시험 기간과 전날, 전전날에 근무를 빼서 그때 마무리할 거야."

"그래도 잘 볼 거라는 자신감이 있는 거구나."

"마히루 덕분이야. 집에서 엄청나게 배우고 있어. 마히루는 잘 가르친단 말이지."

공부를 잘하는 것과 남을 잘 가르치는 것은 별개지만, 마히루는 진짜 잘 가르친다.

수업 내용을 먼저 완벽하게 파악하고 있는 덕분인지 문제의 요점을 잘 알며, 어디서 막혔는지를 물어본 다음 문제가 풀리도록 시범과 힌트를 내놓아 지원해 준다.

암기 과목에 관해서는 자신의 꾸준한 노력에 달렸지만, 그것 말고는 마히루가 모르는 부분을 꼼꼼하고 친절하게 설명해 주니까, 잘 모르겠다는 부분은 딱히 생기지 않았다.

"그야 그렇겠지만. 기초가 있으니까 빠르게 이해할 수 있는 거겠지."

"기초니까. 그건 노력의 결과야."

"귀가 따가워지는 공격은 하지 마~."

이게 공격으로 들리면 본인에게 잘못이 있는 것이다. 그건 너무 신랄해서 차마 말할 수 없지만, 시선으로 그 의도를 어렴풋이 감지한 듯 치토세가 시들시들한 표정을 짓는다.

"그리고 일하는 곳에 공부를 잘하는 선배가 있어서 손님이 없고 한가할 때 조금씩 배우고 있어. 이 세상에서 꼭 있어야 할 건 친구와 마히루와 선배일 거야."

"끄응……. 우리 오빠가 공부에 도움이…… 공부를 못하니까, 도움이 안 돼."

"치이네 오빠가 들으면 울걸."

"지금껏 나를 울렸으니까 이 정도는 괜찮아."

오빠와 동생 사이에는 이런저런 사정이 있는지 도움이 안 된다며 어깨를 으쓱하고 손을 흔드니까, 치토세로서도 여러모로 속에 묵힌 것이 있는 거겠지.

일단 가족끼리 무척 양호한 관계라고 들었으니까 딱히 걱정할 일은 없겠지만, 성적은 그럭저럭 걱정되니까 아마네는 치토세에게 의욕이 생기길 빌었다.

"일정이 이것저것 몰린 것 같은데, 괜찮겠어?"

그 뒤로 남녀가 나뉘었는데, 이츠키와 함께 교실에 남은 아마네는 걱정하는 듯한 말을 듣고 고개를 끄덕였다.

여담으로 마히루는 치토세에게 붙들려서 근처 잡화점에 갔다고 한다.

이츠키와 마주 보고 계획을 이야기하고 싶어서 마히루를 자연스럽게 떨어뜨리도록 치토세에게 부탁했는데, 치토세의 시험 사정을 들으면 시간을 빼앗아도 좋을지 매우 고민된다.

"응. 어떻게든 괜찮을 것 같아. 이 정도로 바쁘면 앞으로도 양립할 수 있을 것 같고, 이러니저러니 해도 좋은 경험이야."

"사랑의 힘이구나."

"시끄러워."

"네입."

이런 대화에도 익숙해져서 서로가 슬쩍 흘린 다음, 주위에 마히루에게 정보가 흘러갈 인물이 없는지 확인한 다음 본론을 꺼낸다.

"참고로, 부탁한 일은 가능할 것 같아?"

어러모로 이츠키에게 의지하고 있지만, 이번에는 준비 협력 말고도 이츠키만이 할 수 있는 일을 하나 부탁했다.

마히루의 생일이라는 점에서 많은 기쁨을 선물하고 싶은 아마네는, 이츠키의 아르바이트 일터와 업무 내용을 알기에 생각한 의뢰를 맡겼다.

"그야 뭐, 가능하긴 한데 말이야. 나보다 점장이 더 예쁘게 만들걸?"

"응. 그럴지도 몰라. 하지만 나는 네가 해주면 좋겠어."

물론 이츠키가 하는 것보다 그 일을 생업으로 하는 사람이 더 잘할 것은 안다.

그걸 알면서도 아마네는 이츠키에게 부탁하고 싶었다.

아마네는 진지하게 말했는데, 이츠키는 인상을 써서 뺨과 입술을 기묘하게 움직인 다음 한숨을 푹 쉬었다. 아직 해가 지려면 멀었는데, 저녁놀이 비춘 것처럼 뺨이 발갛게 물든다.

"그런 말을 하는 거야……?"

"그런 말을 하는 거야."

"와, 뻔뻔해졌네. 제길. 멋쩍어진 내가 손해 봤잖아."

"하하하."

"짜증 나네."

"열심히 짜증을 내라고. 나는 너를 믿어. 부탁한다."

"그 신뢰를 저버릴 수 없는 걸 알잖아. 제길. 알았어. 알았다고. 기대에 부응하도록 최선을 다해 보겠어."

"응. 고마워."

마히루를 위해서도, 아마네를 위해서도. 다른 사람을 위해서 애써 주는 이츠키가 정말 고맙고, 자랑스럽다.

이러니저러니 해도 아마네를 생각해서 행동해 주는 이츠키의 고마움은 잘 아니까, 정말이지 얼마나 감사해야 좋을지 모르겠다.

솔직하게 진심을 담아 고맙다고 했는데, 이츠키는 분노나 불만은 느껴지지 않으면서도 못마땅한 분위기로 미간을 좁히고 한숨을 크게 쉬었다.

가장 비슷한 것은 부끄러움을 감추려고 일부러 짜증을 내는 듯한 표정이다.

"정말이지 너는 시이나 양을 위해서라면 뭐든지 하네. 엄청나게 일편단심이라고 할까, 진짜 뻔뻔해졌어."

"뻔뻔해져도 좋아."

일반적으론 나쁜 평가지만, 좋은 의미로 받아들여도 되겠지. 그만큼 당당히 행동할 수 있게 되었다고 인식하는 것이다.

지금까지 남을 의지하려고 하지 않았던 아마네가 이츠키를 의지하게 되었다. 이츠키의 말을 듣고서 다시금 예전의 자신을 돌이켜보며 감회에 푹 젖고, 자신을 복잡한 눈으로 보는 이츠키에게 평소처럼 웃어 주었다.

"내가 뻔뻔한 건 동의하지만, 은혜도 모르는 녀석이 될 마음은 없어. 언제나 도움받고 있으니까, 다음에는 내가, 네가 곤란할 때 이야기를 들어줄 거야. 보탬이 된다면 힘을 보태 주겠어. 이츠키 네가 내게 힘을 빌려준다면 나도 보답하려고 할 거야."

놀리거나 장난치면서도 곁에서 지켜봐 주고, 손을 내밀어 준 이츠키가 곤경에 처한다면, 아마네에게 해준 것처럼 손을 내밀어 일으켜 주는 게 당연하다.

"언젠가 무진장 무게를 실어서 기댈 거라고. 너랑 같이 자빠져 주겠어."

"단련했으니까 자빠질 마음은 없는데."

"진짜 뻔뻔해졌네."

"하하하."

이츠키는 언제부터 아마네가 자기 손바닥 위에 있다고 착각한 걸까. 아마네는 슬쩍 웃고, 머쓱해져서 창밖으로 고개를 휙 돌린 이츠키에게서 시선을 조금 돌렸다.

"다음은, 예정을 맞출 수 있을지가 문제인가?"

한동안 서로 아무 말도 없이 그저 조용한 공간에서 의식을 가라앉히고 있었지만, 이대로 쭉 있을 수도 없으니까 원래 이야기할 예정이었던 화제를 꺼냈다.

이츠키 개인에게 하는 부탁도 중요하지만, 다른 친구들에게 하는 부탁도 중요하다.

"나랑 치이는 가능해. 유타는 이제부터 물어볼 거지만, 아마 괜찮을 거야. 키도는 네가 직접 물어보는 게 빠를 거야. 나보다 사이가 좋을 테니까."

"응. 알았어. 예정이 비면 좋을 텐데……."

"시이나 양을 위해서라면 올 것 같기도 한데 말이야."

"안 되면 지금 있는 멤버로 할 거야. 불편을 끼칠 순 없으니까."

"불편하다고 생각하는 사람은 아마도 없을걸. 친구이고, 어지간히 부탁하지 않는 상대니까. 너한테 은혜를 베풀 수 있다고 알면 기꺼이 돕지 않을까?"

"그러면 좋겠는데……."

이츠키가 일부러 장난치듯 말한 건 당연히 아니까 묘하게 쑥스러워져서 슬며시 웃었더니, 이츠키는 "그 얼굴이 문제라고." 라며 어이없다는 듯이 한숨을 쉬고 아마네의 어깨에 주먹을 슬쩍 댔다.

"하지만 괜찮겠어? 치토세나 다른 사람들도 당일에 축하해 주고 싶을 텐데."

일단 마히루에게는 사전에 다른 친구들에게도 생일을 알려줘도 되냐고 물어봐서 괜찮다는 대답을 들었으니까 도움을 요청할 때 같이 설명했다. 하지만 아마네가 부탁한 것은 말하자면 마히루를 하루 독점하기 위한 것으로, 친구들이 마히루의 생일을 축하해 줄 권리를 하루 미루게 하는 셈이기도 하다.

그건 다들 괜찮은 걸까? 그렇게 불안해하는 아마네를, 이츠키는 "바보냐." 하고 한마디로 쳐냈다.

"적어도 시이나 양의 우선순위……라고 말하긴 뭐하지만, 기쁨의 기준은 너야. 치이도 '마히룽이 기뻐하는 게 제일 중요한걸.' 이라고 했어. 나도 그렇게 생각해. 게다가."

"게다가?"

" '1등은 남친에게 양보해 주겠어.' 라던데?"

"걔는 대체 뭐가 그렇게 잘났대."

마치 마히루가 자기 것인 것처럼 주장하는 말에 웃음이 나오지만, 치토세에게 마히루가 그만큼 큰 존재라는 사실이 아마네로선 정말 기뻤다.

처음에는 친한 친구를 만들지 않고 혼자 있는 것을 선호하던 마히루에게, 마음을 허락하는 친구가 생겼다.

그건 마히루에게 무척 행복한 일이리라.

그리고 아마네에게도 마찬가지다.

"그러면 1등은 내가 받아가마."

친구들의 배려와 존중을 한껏 느끼며, 그걸 감사히 받아들인다. 그러자 이츠키는 그러면 된다는 것처럼 온화한 눈빛을 하고 고개를 끄덕였다.

"이제는 내가 할 수 있는 일만 하면 돼."

제8화　그리고 찾아온 소중한 날

　정기고사를 지난 다음에 찾아오는 것이 마히루의 생일이다.

　아르바이트와 시험공부, 생일 준비를 병행하는 아마네는 간신히 어느 정도 준비를 마칠 가닥을 잡은 상태로 시험을 끝낼 수 있었다.

　참고로 교실은 다 죽어가는 상태여서, 이번 시험이 얼마나 지옥인지를 짐작할 수 있다. 치토세는 진짜로 핼쑥해져서 마히루를 당황하게 했지만, 그 시험 결과로 주위를 당황하게 하지 않기를 기도할 뿐이다.

　그런 지옥이 끝난 주의 휴일이 마히루의 생일이었다.

　휴일 전날, 다시 말해 마히루의 생일 전날이어서 아마네의 분주함은 정점을 찍고 있었는데, 이것만큼은 마히루에게 미리 전하지 않으면 상처를 줄 가능성이 있으니까, 아마네는 자세를 바로잡고 옆에 앉은 마히루를 마주 봤다.

　식사 후의 느긋한 시간에 문제집을 푸는 일이 많아진 마히루는 오늘도 그렇게 일상이 되어가는 자습에 전념하고 있다.

정기고사 자체 채점을 다 끝내고, 이번에는 모의고사를 생각하는 듯한 마히루는, 내일이 자기 생일이라는 의식이 전혀 없는 듯 평소와 똑같은 분위기다.

"마히루 씨."

"네."

이름을 부르자 주저하지 않고 참고서를 덮고서 고개를 든 마히루는 아마네가 평소와 다른 분위기임을 감지했는지 똑같이 자세를 바로잡고 마주 봤다.

다만 뭘 말할지는 상상할 수 없는 듯, 여기저기서 어쩐 일인지 의아해하는 분위기가 드러난다.

"내일은 내가 부를 때까지 우리 집에 오지 말아 주겠습니까."

"어째서…… 아아, 그렇군요. 알겠어요."

의식하진 않았어도 지금까지 아마네가 보인 행동으로 곧바로 이해한 듯 순순히 받아들인 마히루는, 그러고 보니 그랬다는 것처럼 표정을 바꿨다.

기대하지 않은 건 아니겠지만, 자기 생일을 특별히 의식한 적이 없었던 걸까. 이건 마히루 본인의 의식 문제니까, 아마네가 어떻게 하거나 강제할 수도 없다.

아무튼 오해를 부르지 않고 내일 활동 시간을 확보할 수 있을 것 같아 안도하면서, 아직도 남 일처럼 느끼는 마히루의 눈을 똑바로 본다.

"내 준비가 끝나기 전에 오면 조금 곤란하다고 할까요. 완벽하게 준비하고 맞이하고 싶으니까 이해해 주시기 바랍니다."

"후후. 알아요. 그나저나 직접 부탁하는 거군요."

"처음부터 준비하겠다고 말했고, 지금 와서 서프라이즈고 뭐고 없으니까 정정당당하게 임해야죠. 내게 시간을 주십시오."

당일에는 이것저것 할 일이 많아서 바쁘다. 그러니까 마히루가 이 집에 오면 그 눈을 피하며 준비할 수 없다.

게다가 생일인 마히루를 보듬어 주고 싶어질 게 당연하다. 단단히 준비해서 마히루를 축하해야 하니까, 눈앞에 있는 욕구를 우선할 가능성을 조금이라도 없애야 한다.

마히루에게 처음으로 놀라움과 흥분을 선사할 기회다. 그러니 단단히 준비해서 마히루의 생일에 임하고 싶다.

끓어오르는 의욕을 알아봤는지, 마히루는 눈을 동그랗게 뜬 다음에 숨을 천천히 밀어내는 것처럼, 재미있다는 듯이 웃음을 띠었다.

"그렇다면 내일 하루는 가슴을 두근거리며 기다리면 되는 거군요?"

"기대에 부응할지는 모르겠지만, 내 나름대로 마히루를 축하해 줄 거니까."

"솔직히, 아마네 군이 축하해 주기만 해도 아주 행복한데요."

"그건 나도 알지만."

마히루가 아마네를 얼마나 아끼는지는 당사자인 아마네 자신이 가장 잘 안다. 곁에 있기만 해도 행복하게 여겨 준다는 것도.

다만 아마네의 요인이 큰 행복도 중요하지만, 1년에 한 번밖에 없는 생일이니까 마히루 본인이 기뻐하는 생일로 만들어 주고 싶다는 마음이 더 컸다.

"그래도 마히루가 기뻐해 주길 바라니까, 노력하게 해줘."

"기대할 건데요……?"

"으. 힘내겠습니다."

마히루가 힘껏 기대하면 당연히 기쁘고, 마음이 끓어오르지만, 그것과는 별개로 여친의 기대에 완벽하게 부응할 수 있을지 하는 의문이 마음속에서 슬금슬금 발목을 잡아당긴다.

"이럴 때 이상하게 자신감을 잃는 게 아마네 군다워요."

"자신감이 없는 것이 내 기본 사양이야."

"아이참. 지금의 아마네 군은 업데이트를 마쳤잖아요. 이제는 정말로 자신을 믿을 수 있게 됐죠?"

"마히루와 관계가 있는 일에는 신중해지고 싶은 성격이라서."

한 달에 걸쳐서 마히루의 생일을 대비하고, 준비에 여념이 없었지만, 그렇다고 기뻐해 줄지는 알 수 없다.

기뻐해 주길 바란다는 마음과 지금까지 준비한 것의 집대성을 보여주고 싶다는 마음은 확고하고, 흔들리지 않는다. 그러니 이 불안은 어디까지나 마히루의 기대를 저버리고 싶지 않아서 생기는 것이다.

그리고 하나 더, 신중의 개념을 날려 버리며 계획한 것이 있으니까 더더욱.

"마히루가 기뻐할 수 있게 노력할게. 그러니까."

"그러니까?"

"한 번 충전해도 되겠습니까?"

내일은 할 일이 많으니까, 준비가 다 끝난 뒤에 마히루를 볼 것이다.

먼저 에너지가 필요한데도 충전은 다 끝난 뒤에나 할 수 있다. 따라서 지금부터 충전하려고 접촉 허가를 요청했더니, 귀엽게 눈을 깜빡인 마히루가 재미있다는 듯이 웃었다.

"굳이 허가받지 않아도, 마음대로 하면 되는데."

"그게 말이지. 이번에는 허가받고 나서 하려고 말이죠."

"고지식하군요. 좋아요. 많이 충전해 주세요. 그 대신에."

"그 대신에?"

"내일은 제 차례로 해줄 거죠?"

천천히 아마네의 뒤통수로 손을 뻗어서 끌어당기는 마히루에게 당연하다며 고개를 끄덕이고, 아마네는 마히루가 이끄는 대로 어깨에 얼굴을 파묻었다.

(내일은 오전 중에 먼저 주방에서 할 일을 끝내고, 다음에는 방을 준비하고, 메일로 다시 당일 일정을 확인하고.)

전부 잘 풀릴지는 아마네의 노력과 마히루의 반응에 달렸다.

내일은 온 힘을 다해 준비하자. 그렇게 결심하고, 달콤한 향기를 내는 마히루의 몸에 뺨을 문대며 약간의 충전을 위해 눈을 감았다.

그날은 아마네의 인생에서 세 손가락에 꼽힐 정도로 바빴다.

아침부터 주방에 서서 지금까지 한 훈련으로 배양한 기술을 발휘했고, 오후부터는 지원군을 부르면서 실내 장식과 설치와 가장 큰 서프라이즈에 관한 사전 회의를 상대방과 하고, 마히루가 쓸쓸하지 않게끔 틈틈이 연락하며 준비를 진행했다.

온갖 일을 병행하면서 준비하는 바람에 살짝 펑크가 날 뻔했지만, 평소에 마히루가 하는 일과 비교하면 잽도 안 되니까 멀티 태스크로 뭐든지 처리하는 마히루에게 속으로 찬사를 보내며 준비에 전념했다.

그렇게 정신없는 시간을 보냈더니 어느덧 해가 완전히 넘어가고 있었다.

간신히 만족할 만한 수준이 되었다며 시계를 보니 이미 평소라면 저녁을 먹을 시간이 되었고, 창밖은 주홍색을 넘어서 자주색과 청갈색의 그라데이션을 만들고 있었다.

이러다가 늦으면 어떻게 할지 생각했지만, 일난은 아슬아슬하게나마 준비를 마쳤다는 사실에 속으로 안도하고, 아마네는 옆집에서 호출을 기다리고 있는 마히루를 부르러 초인종을 눌렀다.

초인종이 울린 뒤에 곧바로 문을 연 마히루는 나름대로 준비를 마쳤다고 해도 좋을 것이다.

문틈으로 안을 슬쩍 보니 신발장 위에 꽃병이 있는 것이 보여서, 하나의 걱정이 안심으로 바뀌는 것을 느꼈다.

"오, 오래 기다리셨습니다."

조금 서두른 기색으로 문에서 나온 마히루가 말을 더듬는 것을 보고 웃자, 뭐 때문에 웃었는지 눈치챈 듯한 마히루가 뺨을 조금 붉히고 멋쩍은 것처럼 시선을 이리저리 돌렸다.

"모, 못 본 걸로 해주세요……."

"왜?"

"그, 그야, 저기, 기대해서 들떴다고 하면, 부끄럽잖아요."

"어? 기대해 준 거잖아? 진짜 기쁜걸."

혼자서 억지로 축하하는 거면 아마네로서도 충격이 크고, 부끄러울 테지만, 마히루가 기꺼이 기다려 주기만 하면 매우 만족스럽다.

그만큼 가슴을 두근거리며 집에서 아마네가 오기만을 기다려 준 여친의 기대에 부응할 수 있을지는 모르겠지만, 완벽하게 준비했다는 자신감이 있다.

이제는 지금까지 준비한 성과를 마히루에게 선보이면 된다.

마히루도 단단히 준비해 준 듯, 집에서 입는 옷치고는 제법 애써서 귀여운 옷을 차려입었다. 그래서 마히루의 손을 잡으며 "준비는 다 됐어?"라고 물어보자, 수줍은 듯이 눈가에 미소를 띠고서 "네."라고 작게 대답해 주었다.

작은 핸드백만 챙긴 마히루의 손을 잡아당겨 아마네의 집으로 돌아오는데, 현관 입구의 조명 말고는 다 꺼진 것을 눈치챈 것이리라. 마히루는 한차례 눈을 깜빡였다.

"어, 깜깜해요."

"현관에서 보이면 흥이 떨어지잖아?"

현관 복도와 주방을 나누는 문이 있다고는 해도, 유리만 있어서 안이 보인다.

모처럼 마히루에게 전부 숨기고 계획해서 실행하는 거니까, 마지막 단계에서 방심해서는 안 된다. 놀라움을 제공하려면 분위기 조절이 필수다.

"그런고로 기왕이면 당신의 눈을 가려도 되겠습니까. 어두워서 무서울지도 모르지만, 내가 있으니까. 안심하고 내게 몸을 맡겨 주지 않겠어?"

"후후. 정 원한다면요. 아마네 군을 전면적으로 믿으니까요."

선뜻 고개를 끄덕인 것은 아마네를 믿기 때문이리라.

주저하지도 않고 아마네가 손으로 눈을 가릴 새도 없이 눈을 감은 마히루에게 조금은 더 의심해도 된다며 그 무방비함을 속으로 투덜대며, 아마네는 마히루의 등과 무릎에 팔을 둘러서 안아 올렸다.

여전히 가쁜하니까 조금 더 먹는 게 좋지 않을지 진지하게 걱정하면서, 조금은 자유로운 한쪽 팔로 거실 문을 열고 불을 켠다.

아마네가 괜찮다고 말할 때까지 눈을 뜰 생각이 없는 모양인 마히루는 여전히 눈을 감고 있어서, 그 순수함에 안심하며 미리 준비한 생일 자리인 소파로 가서 절대로 다치지 않게끔 조심스럽게 몸을 내렸다.

자신이 어디에 있는지를 걸어간 거리와 앉은 자리의 감촉으로 이해한 듯, 마히루는 익숙한 느낌으로 몸을 폈다.

"아, 아직 눈을 뜨지 말고 가만히 있어 줘. 조금만 더 기다려. 약속할 수 있지?"

"후후. 어린아이처럼 대하지 말아 주세요. 아마네 군이 준비한 것을 최대한 선보이고 싶은 마음은 이해하니까요. 조금만 더 기대하고 있을 수 있는걸요?"

"미안해. 내 마음을 잘 알아주는 여친님이어서 다행입니다."

너무 잘 알아주는 것도 괜찮을지 의문이지만, 총명하고 영리한 것도 마히루다운 점이다. 아마네는 쓴웃음을 짓고 일어나 마지막 준비로 소파 옆에 둔, 마히루에게 줄 선물이 든 종이봉투를 힐끗 보고 부족한 게 없는지를 확인한 다음.

"응. 이제 눈을 떠도 돼."

이로써 준비는 다 끝났다며 마히루에게 부드럽게 말을 걸자, 마히루는 기다렸다는 듯이 곧바로, 그리고 천천히 눈꺼풀을 올렸다.

조금 익숙하지 않은지, 눈부신 것처럼 가늘게 떴던 눈에서 눈동자가 서서히 모습을 드러낸다.

오늘 처음으로 이 집에 들어와서 본 광경을, 어떻게 생각할까.

"이건……."

작은 목소리는, 조금 떨렸다.

이게 뭘 의미하는지, 물어보지 않아도 시선과 눈빛으로 알 수 있다.

"이츠키랑 치토세, 카도와키랑 키도에게 장식을 도와달라고 했어. 저기, 마히루는 걔들이라면 생일을 알려줘도 괜찮다고 했잖아? 나 혼자선 예쁘게 꾸밀 수 없으니까, 부탁했더니 흔쾌히 도와줬어. 장식은 다들 나보다 센스가 있어서 무진장 고맙더라고. 어때, 예쁘지?"

"예뻐요……. 무척."

"생일다운 장식을 성대하게 해달라고 부탁했더니 이렇게 만들어 줬어."

마히루가 마음을 연 얼마 안 되는 친구들이 협력해 줘서, 이 거실을 오늘 하루 동안 생일 양식으로 변경했다.

테마는 어릴 적 꿈꿨던, 즐거운 생일.

여러 개가 묶인 풍선과 색감을 맞춘 종이꽃으로 벽이 화려해졌고, 추가로 큼직하게 HAPPY BIRTHDAY 형태를 갖춘 LED 조명이 벽에 달려서 더욱 화사한 광경을 연출하고 있다.

천장에는 크리스털 장식이 달려서 온풍기의 바람에 흔들려 조명을 반사해 이따금 부드럽고 밝은 빛을 반짝반짝 뿌리고 있다.

마히루가 앉아 있는 소파에서는 마히루가 좋아하는 인형들이 리본으로 귀엽게 꾸민 상태로 오늘의 주역이 오기만을 기다리고 있었다.

이만큼 장식하면 요란하고 통일감이 없는 공간이 될 것 같지만, 색깔이 너무 튀지 않도록 연한 난색으로 장식을 통일함으로써, 그 배치와 색감 덕분에 차분하면서도 밝은 분위기를 잘 표현했다.

장식하는 과정을 본 데다가 기본적으로 감흥이 적은 아마네도 완성된 이곳을 보고 감탄이 절로 나왔으니까, 마히루가 보면 나름대로 놀랍지 않을까.

크게 떠진 눈이 실내를 보며 반짝반짝 빛나는 것을 보고, 아마네는 기대했던 반응을 끌어낸 것에 기뻐하며 얼굴에서 긴장을 풀었다.

　다만 생일을 위해 준비한 것은 아직 많이 있으니까, 이걸로 끝이라고 생각하면 곤란하다.

　"그리고 이건 생일 부케. 참고로 조합은 이츠키에게 부탁했습니다."

　완전히 마히루 전용 사양이 된 거실을 흥미진진하게 둘러보던 마히루에게 미소를 짓고, 아마네는 눈에 띄지 않는 곳에 둔 꽃다발을 손에 들어서 갑작스러운 일에 놀란 마히루에게 슥 내밀었다.

　최대한 마히루가 기뻐하는 생일을 목표로 삼았으니까, 이것도 당연히 마히루가 좋아하는 꽃을 가득 담은 부케다.

　좋아하는 색과 꽃에 관해서는 일정한 범위에서 알고 있었지만, 정확한 취향을 알아내고자 치토세와 아야카에게 협력을 요청해 조사하게 했다.

　그 덕분에 아마도 한없이 100점 만점 취향에 가까운 생일 부케를 준비할 수 있었으니까, 두 사람에게는 정말 고마울 따름이다.

　"혹시, 그 두 분인가요……?"

　"들켰나. 이건 치토세랑 키도가 슬쩍 조사해 줬어. 마히루를 기쁘게 해주려고 애썼더라고."

　특히나 치토세의 열성은 대단했다.

　'마히룽을 위해서라면~'이라고 자연스럽고 티가 안 나게 이것저것 물어봤는데, 마히루도 아마네가 준비하는 걸 아는데도 아무런 경계심과 위화감을 드러내지 않게 하고서 알아낸 거니까, 탐정 같은 직업이 적성이지 않을까 생각했을 정도다.

이렇듯 상대의 경계심을 돌파해 잘 접근하는 것이 치토세의 특기이자 장점이며, 본받고 싶어도 그럴 능력이 없어서 존경하는 부분이다.

"생화는 사람에 따라서 호불호가 갈릴 것 같지만, 마히루네 집에선 현관에 꽃병을 두지? 가끔 마히루를 부르러 갈 때 보니까, 좋아하는 게 아닐까 싶었거든."

"잘 보셨네요."

"뭐, 내 여친이니까."

그렇다면 좋아하는 꽃 정도는 알라는 말을 들을 것 같지만, 그건 애교로 넘어가자.

좋아하는 꽃으로 가득 채운 꽃다발을 선물하고 싶어서, 계절에 따라 달라지는 꽃에서 고를 수 있도록 조사와 확인이 필수였다.

과연 기뻐할까 싶어서 눈치를 살피자, 마히루는 눈꼬리를 부드럽게 내리고 꽃다발이 흐트러지지 않게끔 조심스럽게 가슴에 끌어안았다.

"언젠가 시드는 게 아까울 정도로, 멋져요."

"드라이 플라워로 남길 수 있도록 실리카젤도 잘 준비했습니다, 아가씨."

"후후. 정성이 지극하군요."

"그야 마히루가 끝까지 즐겁길 바라니까. 드라이 플라워도 언젠가 망가질지 모르지만, 그때까지 마히루를 기쁘게 해주고 싶어서."

"고마워요. 싱그러운 모습도, 오래가는 모습도, 기대할게요. 볼 때마다 아마네 군을 떠올릴 것 같아요."

"반가운 소리를 해주는걸."

"아마네 군이 곁에 있어 준다고, 집에서도 느낄 수 있겠네요."

간지러운 속삭임을 듣고 무심코 입술을 꾹 다물고 두근거리는 심장을 옷 위에서 누른다.

선물할 것을 보고 떠올려 주는 건 애인으로서 기쁜 일이지만, 본인이 대놓고 말하면 낯간지러워서, 선물한 쪽이 쑥스러운 나머지 뺨을 긁적인다.

황홀한 기색으로 꽃다발을 끌어안고 소중히 바라보는 마히루를 보니 아마네의 입술이 답답할 정도로 근질거렸다.

"기뻐해 줘서 다행이야. 그러면 저기, 내가 저녁을 준비했으니까 차릴게!"

생일 축하는 아직 계속된다는 핑계로 일어난 아마네에게, 마히루는 여전히 꽃다발을 끌어안은 채로 수줍게 웃었다.

몇 미터나마 떨어진 덕분에 겨우 심장 고동을 억누른 아마네는, 미리 만든 요리를 그릇에 옮겨서 식탁에 놓았다.

마히루도 냄새로 뭘 만들었는지 어렴풋이 알 테니까 그 부분은 신선함이나 놀라움이 없을 테지만, 이건 어디까지나 마히루를 축하하려는 거니까 익숙한 맛이 더 좋으리라.

일식 중심이면서 굳이 따지자면 서양풍으로 맛을 낸 것은 너무 진하고 튀는 맛을 좋아하지 않는 마히루를 위한 선택이다.

"내 생일 때는 마히루가 정성껏 요리해 줬으니까 말이야. 이번에는 내 차례야."

식탁에 앉은 마히루에게 웃고, 아마네도 자기 자리에 앉는다.

마히루의 솜씨에는 한참 미치지 못하지만, 되도록 마히루가 기뻐할 수 있게끔 좋아하는 것을 식탁에 올리려고 했다.

마히루는 뭐든지 잘 먹고 딱히 꺼리는 것이 없지만, 당연히 좋아하는 맛의 경향이 있다. 전체적으로 부드럽고 고급스러운 맛, 더 말하자면 짠맛을 줄이고 재료의 맛과 국물의 풍미를 살리는 형태의 요리를 선호했다.

그렇게 풍미를 살리는 것은 맛이 진한 요리를 만드는 것보다 어렵다.

진한 맛은 의외로 조정하기 쉽고, 최악의 경우 조미료로 얼버무릴 수 있다는 이점이 있다. 하지만 연한 맛은 그럴 수 없다. 재료의 맛을 살리는 것과 재료 자체를 즐기는 것은 별개이며, 각각 다른 방법으로 조리하고 맛을 내기 때문이다.

그러므로 마히루의 취향에 맞는 맛을 내려면 갈 길이 멀었다.

(그래도 장래에는 완벽하게 터득하고 싶단 말이지.)

사랑하는 상대가 좋아하는 것을 만들 수 없다니, 파트너인 자신이 한심해신다. 마히루가 아마네의 취향에 맞는 요리를 뚝딱 만드는 만큼 더더욱.

맛있게 완성했다고 생각하지만, 아직 정진이 부족하다. 그렇게 자신의 부족함을 몰래 부끄러워하던 아마네의 표정을, 마히루가 가만히 관찰하고 있었다.

　"맛있어요……."

　우아한 자세로 그릇에 입을 대고 조용히 국물을 마신 마히루는 얼굴이 확 펴지는 듯한 미소를 띠고서 숨을 내쉬었다.

　국물 하나만 해도 마히루에게 단단히 배운 방법으로 잘 우려내서, 마히루의 입맛에 맞게 완성했을 것이다.

　그 예상은 뒤집히지 않고, 마히루는 부드러운 표정을 짓고 식사하고 있다.

　"입맛에 맞아서 다행이야. 솔직히 엄청 조마조마했어."

　"저는 아마네 군이 만든 요리를 지적한 적이 있지만, 불평한 적은 없는데요."

　"그건 나도 알지만. 기뻐해 줄지 불안한 것과는 다르잖아?"

　새우를 넣고 찐 무를 젓가락으로 가르며 중얼거리자 "그건 그렇지만요."라며 못마땅한 목소리가 들렸다.

　"아마네 군, 어느새 요리 솜씨가 무척 늘었네요."

　"나는 마이너스였던 게 간신히 플러스 50 정도에 도달한 거니까, 마히루랑은 100이나 200 정도 차이가 나서 도저히 쫓아갈 수 없는데."

　"쉽게 따라잡혀도 곤란한데요."

　"평생 따라잡을 수 없을 것 같다고 할까. 애초에 나는 마히루가 해주는 요리가 제일이니까, 내 요리 솜씨가 어떻든 상관없거든. 그것과는 별개로 마히루에게 제일가는 요리를 만들 수 있게 애쓰겠어."

"그런 소리를 하는군요……."

"뭘 지금 와서."

"아이참."

그 말이 타박하는 것이 아니라, 못 말리겠다는 의미인 것을 오랫동안 같이 지내면서 알았다.

더 말하자면, 기분이 나쁘진 않다, 오히려 기쁘다는 의미가 담긴 말이라는 것도.

빙긋 웃는 아마네에게, 마히루는 슬쩍 눈을 동그랗게 뜬 다음 "정말이지 아마네 군은" 하고 입술을 오물거리며 눈부신 것처럼 시선을 돌렸다.

"잘 먹었습니다."

"감사합니다."

원래부터 양을 다소 절제한 저녁 식사여서, 둘이서 금방 다 해치웠다.

마히루가 소식하는 건 아니지만, 다음에 기다리는 것을 생각하면 식사를 너무 많이 제공했다간 마히루가 다 먹지 못할 게 뻔하니까, 몰래 양을 줄였다.

일식으로 한 것은 마히루의 취향 플러스 작은 그릇과 색채로 눈에 보이는 인상과 양을 조정하기 위한 것인데, 마히루는 눈치채지 못한 듯하다.

"저를 위해서 이렇게 많이 해줄 줄은 몰랐어요……."

뒷정리는 전부 아마네가 하겠다고 설득하고 주역인 마히루를 소파로 유도했는데, 거들고 싶었는지 다소 못마땅한 기색인 마히루는 아마네가 설거지를 마치고 돌아왔을 때 감정을 실어 중얼거렸다.

"마히루도 사랑하는 사람을 위해서라면 노력을 아끼지 않으면서."

"으. 그, 그건 그렇지만요."

"뭐, 굳이 따지자면 내가 마히루에게 해주고 싶었으니까, 마히루를 위한 건 아닐지도 모르지만."

결국 어디까지나 자기만족으로 설친 거니까, 마히루를 위해서라고 듣기 좋은 말을 해도 좋을지는 고민스럽다.

"그러니까 이건 내가 멋대로 하는 거란 말이지."

"정말이지, 아마네 군은 왠지 그런 구석이 있어요."

나무라는 것처럼 아마네의 팔뚝을 찰싹 때린 마히루는, 아마네가 양보할 마음이 없다는 걸 아는지 난처한 듯, 못 말리겠다는 듯, 기쁜 듯, 그렇게 복잡한 미소를 입술에 드러냈다.

"하지만 오늘은, 정말 기뻤어요……. 이렇게나……."

"아, 잠깐만 기다려 줄래?"

"네?"

말이 중간에 가로막힌 마히루가 눈을 휘둥그레 뜨는데, 이걸 양보할 수는 없었다.

"이걸로 끝인 분위기를 내는데, 나는 이걸로 끝낼 마음이 없어. 마히루의 생일은 아직 끝나지 않았잖아."

놀란 듯한 목소리가 들렸지만, 오히려 아마네의 생일 축하는 지금부터가 진짜였다.

실내 장식과 부케, 직접 요리한 저녁만으로 한 달 가까운 준비 기간이 필요할 리가 없다. 마히루가 기뻐해 주길 원해서, 착한 주위 사람들에게 도움을 받아 분주히 뛰어다녔는데, 그 성과를 아직 보여주지 않았다.

욕심도 없이 완전히 만족한 태도를 보인 마히루지만, 오늘은 그 금욕이 싹 날아갈 정도로 수많은 행복을 선물하고 싶었다.

"한 번만 더, 눈을 감아 주겠어?"

보고 있으면 서프라이즈 느낌이 반으로 줄어드니까 오늘 두 번째로 부탁하자, 마히루는 눈을 꼭 감고 고개를 들었다.

그 상태는 단순히 아마네의 말을 고분고분 들어서 대기하고 있는 것이 아니라, 마치 무언가가 찾아오기를 기대하는 긴장이 섞여 있었다.

확실하게 그걸 예상하는 듯한 마히루가 너무 귀여워서 참을 수 없어진 입가를 손으로 틀어막고 웃음이 절로 번지려는 걸 감췄다. 보지 않는데 굳이 감출 필요는 없을지도 모르지만, 애인이 기다리는 모습이 사랑스러워서 어쩔 수 없었다.

"미안해. 이번에는 키스하려는 게 아니야."

나중에 기대를 저버리면 미안하니까 슬며시 귓가에 대고 속삭이자, 하얀 눈꺼풀이 딱 올라가며 캐러멜색 눈동자가 모습을 드러내고, 아마네에게 초점을 맞춘다.

그리고 알아보기 쉽게 얼굴을 붉힌 마히루가 "바보, 바보."라며 귀엽게 토라진 소리를 내고, 그 리듬에 맞춰 옆에 있는 아마네의 가슴팍을 툭툭 때린다.

북이 된 아마네는 마히루의 귀여움에 또다시 입에 웃음이 번지려고 하지만, 얼굴에 드러냈다간 마히루의 북장단이 더 거세질 것 같아 볼살을 안에서 깨물고 참을 수밖에 없었다.

"아야, 아야, 미안해. 마히루에게 더 보여주고 싶은 게 있으니까, 눈을 감아 달라고 한 거야."

"일찍 말해 주세요……."

"미안하대도."

아까보다 더 토라진 마히루가 고개를 홱 돌리고 눈을 감아서, 아마네는 눈앞에 다가온 조금 발그레해진 뺨에 입술을 살짝 댔다.

자주 해서 그런지 체온과 감촉으로 알아챈 듯, 마히루가 눈을 뜨고 딱딱하게 굳는다. 아마네가 "눈을 꼭 감고 있어."라고 웃으며 말하자, 가냘픈 목이 떨리며 끙끙대는 소리가 들렸다.

이것도 서프라이즈라며 예정에 없었던 서프라이즈를 하나 추가해 만족한 아마네는 주방으로 이동했다.

아마네가 저녁을 다 차린 것도, 마히루가 도우려고 한 뒷정리를 전부 혼자 한 것도, 전부 마히루를 냉장고에 다가가지 않게 하려는 것이었다.

아침부터 준비한, 몇 주 동안의 집대성을 상자에서 꺼내고, 그릇을 두 손으로 단단히 잡는다.

© Hanekoto

천천히, 신중하게 좌식 테이블로 옮긴 아마네는, 소리와 기척으로 아마네가 돌아온 것을 알아챈 마히루가 이쪽으로 고개를 돌리는 것을 보고, 그 눈이 떠졌을 때의 반응이 기대된다며 몰래 웃었다.

"아직 눈 뜨지 마."

준비가 아직 덜 끝났다고 속삭이며, 일반적인 것보다 가늘고 색깔이 다채로운 초를 몰래 꺼내서 하얀 크림 대지에 조심스럽게 세운다.

하나, 둘, 소리를 내지 않게 꼼꼼하게 세워 보니 열일곱 개는 너무 많았을지도 모르겠다고 느낄 정도로 케이크가 초의 파스텔 컬러에 점령당했다.

예상했던 것보다 훨씬 알록달록해진 케이크를 보고 예상이 어긋났다며 조금 반성하면서, 에라 모르겠다는 식으로 라이터로 초에 불을 붙였다.

이만큼 많으면 시간이 조금 오래 걸리는 게 문제인데, 무사히 모든 초에 불을 밝힌 아마네는 리모컨으로 실내등을 껐다.

주변이 확 어두워지지만, 완전히 캄캄해진 것도 아니다. 마히루의 나이만큼 부드럽게 일렁이는 빛이 장식된 실내를 희미한 베일로 덮은 것처럼 밝혔다.

"마히루, 눈을 떠도 돼."

끝까지 부탁을 들어준 마히루에게 부드럽게 속삭이자, 마히루는 조심조심 천천히 눈꺼풀을 올리더니──.

"아……."

무심코 흘러나온 것처럼 들린, 탄식인지 경악인지 구분하기 어려운, 작게 떨리는 목소리.

　은은한 빛에 드러난 마히루의 얼굴은, 넋이 나간 듯 이성의 끈이 풀린 표정이고.

　눈동자는 표면의 파문이 커지고, 일렁이는 촛불을 비추고 있었다.

　그때 아마네는 헛기침을 한 번 하고, 천천히 입술을 뗐다.

　솔직히 쑥스럽긴 하지만, 그것보다도 이 마음을 마히루에게 말하고 싶다고, 전하고 싶다고 하는 충동이 더 컸다.

　별로 잘하진 않지만, 정성을 다해서, 마음을 담아서, 어릴 적에 부모님이 불러 준, 생일이라고 하면 바로 떠오르는 짧은 노래를 마히루에게 선물한다.

　"열일곱 살 생일 축하해, 마히루."

　일부러, 오늘 봤을 때 말하지 않았던, 쭉 말하고 싶었던, 사랑하는 사람의 탄생을 기뻐하고 축복하는 말을 선물하고 마히루를 보자, 마히루는 그저 굳어 있었다.

　그것이 필시 상상하지 못했던 충격 때문에 그런 것임을 이해하니까, 아마네는 경직한 채로 필사적으로 마음속 정보와 지금 일어난 일을 정리하려고 하는 마히루에게 슬쩍 미소를 지었다.

　"조금은 유치할 것 같다고 생각했지만 말이야."

　실내를 호화롭게 꾸미고, 생일의 주역이 앉는 자리를 마련하고, 홀 케이크를 준비하고, 초를 잔뜩 세우고, 생일 축하 노래를 부르고.

고등학생치고는 축하 방식이 유치했지만, 그게 좋다고 생각해서, 아마네는 이때를 위해 준비해 왔다.

　"하지만 우리는 아직 어리니까, 이런 것도 좋을 것 같았어. 옛날에 나도 이런 축하를 받고서 무척 기뻤던 기억이 나니까 말이야. 어릴 적에 이렇게 축하받은 추억이, 쭉 남아 있었어."

　어릴 적 기억은 흐릿한 부분이 있지만, 지금도 기억하고 있다.

　부모님이 방을 아마네의 취향에 맞춰 꾸미고, 좋아하는 인형과 장난감을 자리에 같이 앉혀 주고, 아마네가 좋아하는 케이크에 초를 꽂고, 촛불을 끄는 특권을 주었다.

　수많은 축복을, 애정을, 아마네에게 아낌없이 주었다.

　그 어릴 적 추억은 지금도 아마네의 가슴속에 있고, 사랑받는다는 자부심을 아마네에게 주고 있다. 그렇기에 아마네는 힘든 일이 있어도 극복할 수 있었다.

　"강요하는 걸지도 모르지만, 내 기쁨을 공유하고 싶기도 했고, 이런 건 어릴 적에 꿈꾸는 거라고 생각했거든."

　규모는 다를지라도, 생일 축하는 수많은 아이가 받는 것이며, 바라는 일이다.

　뭐든지 자기 기준으로 생각하는 것도 좋지는 않지만, 역시 어릴 적 아마네에게 한 해에 한 번 있는 생일만큼 가슴이 뛰는 날은 없었다.

　"어쩌면, 마히루도, 이런 걸 동경하지 않을까 싶어서."

　그렇게 자기 멋대로 상상한 건 반성하지만, 마히루의 반응을 봐서는 틀리지 않았다고 확신한다.

"그러니까 내가, 마히루도 경험하길 바란 거야. 자기중심적인 생각일지도 모르지만."

지름이 15센티미터쯤 되는 케이크에 촛불 열일곱 개는 너무 지나쳤을지도 모르지만, 마히루가 지금껏 한 적이 없는, 할 수 없었던 생일을 생각하면 결코 많은 것이 아니리라.

난방 바람에 천천히 밀리듯 촛불이 흔들리자, 마히루의 눈에서 소리도 없이 빛이 생기고, 흘러내렸다.

경직이 풀린 줄 알았더니 곧바로 인상을 쓰고 맑은 물방울을 수없이 떨어뜨리는 마히루를 보고, 아마네는 허둥댔다.

"시, 싫었어?"

"싫은 게, 그런, 저기, 기뻐서, 가슴이, 벅차서, 제가, 이렇게, 괜찮은지,"

흐느낌을 섞어서, 지금까지 맛본 적 없었던 것을 한꺼번에 받아들인 마히루가, 자기 마음을 열심히 말로 전해서.

꾸밈없이 있는 그대로의 모습으로 울먹이며 필사적으로 말을 자아내던 마히루의 곁에 쪼그려 앉아, 아마네 자신도 울먹일 것 같으면서도 떨리는 손을 부드럽게 감쌌다.

"기뻐해 준다면, 다행이야. 열심히 생각해 봤어. 어떻게 하면 마히루가 기뻐해 줄지 말이야. 마히루의 생일에 뭘 할지, 많이 생각하고, 이것저것 상담한 보람이 있어."

처음으로 마히루의 생일을 축하해 줬을 때와는 다르다.

이츠키도 치토세도 이번에는 상대가 마히루라고 알고서 협력해 주었고, 부모님도 마히루를 위해 상담을 받아주었다. 유타와 아야카를 비롯한 친구들, 아르바이트 선배들과 오너도 도와 주었다.

"이건 나 혼자만 애쓴 게 아니라, 여러 사람이 도와준 거야. 그 만큼 내게 힘을 빌려주는 사람이 생기고, 마히루의 생일을 기뻐 해 주는 사람이 있는 거야."

"응⋯⋯."

"자, 초가 다 타기 전에 불을 꺼. 생일 주역의 특권인걸?"

아마네가 눈물로 얼룩진 마히루의 얼굴을 손수건으로 닦고 나 서 일부러 장난치듯 웃자, 눈물에 살짝 젖은 뺨에 웃음기가 퍼 졌다.

울기만 해선 안 된다고 스스로 결단했는지, 여전히 젖기는 했 어도 강한 의지를 되찾은 눈이 기쁜 기색으로 가늘어지고, 수줍 게 웃듯이 표정을 푼다.

그대로 소파에서 내려와 무릎을 바닥에 대고 선 마히루는, 희 미한 어둠 속에서 푸근하면서도 강하게 빛나는 촛불의 생명을 향해 숨을 불었다.

당연히 은근슬쩍 강한 불은 마히루의 부드러운 숨결에 저항해 서 흔들리기만 해서, 다시 도전했을 때는 마히루가 난처한 듯이 아마네를 쳐다봤다.

이렇게 처음 보이는 난처한 모습이 제일 귀엽다.

익숙하지 않아서 어떻게 해야 좋을지 고심하는 마히루에게 "역시 열일곱 개나 있으면 더 세게 불어야겠지."라고 부드럽게 말을 걸고 등을 쓰다듬어 응원한다. 어디까지나 마히루가 스스

© Hanekoto

로 불을 끄는 것을 지켜보겠다는 자세를 고수한다.

이렇게 생일 케이크의 촛불을 끄는 체험은 생일의 주역이 주도해야 하는 의식이기도 하니까.

아마네에게 응원받아 결심했는지, 마히루는 숨을 크게 들이마시고 온갖 걱정거리를 전부 날려 버리듯 촛불을 불었다.

촛불이 하나하나 꺼지면서 실내의 밝기도 줄어들지만, 아랑곳하지 않고 촛불을 끄는 마히루가 마지막 촛불을 다 껐을 때 거실 불을 켠다.

케이크의 전모가 뚜렷하게 드러난다.

케이크는 심플한 쇼트 케이크를 골랐다. 딸기와 생크림이 메인으로, 아마네에게 마히루에게 처음 선물한 쇼트 케이크를 떠올리며 데코레이션을 한 것이다.

다만 정확하게 재현한 것은 아니다.

예쁜 장식도 그렇지만, 중앙에는 아마네가 서툰 글씨로 '생일 축하해'라고 적은 초콜릿 판이 자리를 잡았고, 그 초콜릿과 딸기 사이를 누비듯 초가 서 있으니까, 이제는 완전히 다른 물건이다.

그래도 그때의 추억도 오늘 추억에 더하고 싶었으니까 이 케이크를 골랐다.

"이 케이크는 밝은 데서 보니까 엉성함이 두드러지는걸. 아, 맛은 오너가 감수했으니까 보증할 수 있는데? 연습했거든?"

"어? 언제, 어디서요……?"

"일하는 데서. 오너가 시험작 케이크를 만들 때 겸사겸사 배웠어.”

시험작 케이크를 시식할 때 충동적으로 부탁했는데, 생각했던 것보다 호의적으로, 그리고 순순히 받아들여 주는 바람에 부탁한 아마네가 더 당황했을 정도다.

“그래서 귀가 시간이 너무 늦어지지 않고 마히루에게도 안 들켰다는 겁니다. 아, 진짜. 오너한테는 정말 감사해.”

바쁠 텐데도, 후미카는 일부러 시간을 쪼개 아마네를 지도해 주었다. 본인은 ‘만들 줄 아는 사람이 많아져야 아르바이트 일도 편해지니까요.’ 라고 했지만, 아마네가 걱정하지 않도록 말해 준 걸 아니까 미안하다.

그런 친절한 후미카에게 지도받으며, 절대로 실패하지 않는 스펀지 케이크를 굽는 방법이라는 선전이 곁들여진 레시피를 배웠다.

당연하지만, 케이크를 만들 때는 재현할 줄 알아야 한다. 더군다나 자기 집에 있는 도구로 지금 만드는 것과 똑같이 완성되게끔 순서와 주의점을 철저히 주입당했다.

그 덕분에 스펀지에 한해서는 잘 구울 수 있게 되었다.

크림을 바르는 작업은 아직 서툴렀지만, 이건 금방 익숙해지지 않는다고 해서, 어느 정도 그럴싸한 모양이 나올 정도의 기량을 익히고 나서 실전에 임했다.

아무튼 마히루가 기뻐할 정도로는 잘 만들었다며 안도하면서, 마히루를 위해 준비한 케이크를 바라본다.

“대가는 치러야 했지만.”

"대, 대가를……. 저를 위해서 그런 걸."

"여친이 기뻐해 줬는지 알려주래. 기뻐해 줬을까……?"

처음부터 대가를 요구할 마음이 없었던 후미카의 부탁을 들어주고자, 그리고 아마네로서도 궁금한 평가를 듣고자 슬쩍 얼굴을 들여다보자, 마히루는 울상을 짓고 고개를 끄덕였다.

"말로 표현하지 못할 만큼, 기뻐요. 정말, 고마워요."

울먹이면서도 정말로 기쁨이 느껴지는 미소를 지어서 안심한 아마네는 후미카에게 감사하며 그릇과 케이크 나이프를 준비하기 시작하는데, 마히루는 눈썹이 처진 눈으로 아마네를 쳐다봤다.

"제가, 이렇게 행복해도, 되는 걸까요……?"

"안 돼."

반사적으로 말이 막힌 마히루가 몸을 굳히는데, 곧바로 자기 말이 부족했음을 깨달은 아마네가 허둥대며 말을 잇는다.

"아, 오해하지 않게 말해 두겠는데, 마히루가 인식하는 행복으론 아직 부족하니까 말이야. 그러니까 안 돼. 내가 더 많이 행복하게 해줄 거니까, 이걸로 만족하지 마."

"네……."

오해가 잘 풀린 듯 뺨을 희미하게 붉히고 고개를 끄덕이는 마히루에게 안도하고, 아마네는 케이크를 먹을 준비를 마친 다음 마히루의 옆 바닥에 앉았다.

"그런고로 자를까. 꾹꾹 누르는 바람에 균형이 안 맞는 건 애교로 봐주시죠."

일단 겉으로 봤을 때 예쁘게 보이게끔 최대한 배치를 고려해서 초를 꽂았는데, 초콜릿과 딸기가 미묘하게 방해하는 바람에 전부 의도대로 되지는 않았다.

노력하긴 했지만, 안 되는 건 안 되는 거다. 그런고로 초가 밀집한 지대도 있어서, 역시 만들 때 더 개선할 부분이 있다며 다음 기회를 대비한 과제를 머릿속에 넣는다.

다만 그건 지금 해결할 일도 아니니까, 아마네는 일단 그 문제점을 머릿속 깊이 내팽개치고, 어떻게 자를지를 미간에 주름을 잡고 고민했다.

조금 고민한 뒤, "그 이전에 이걸 먼저 다 치우는 게 좋겠네."라고 결론을 내리고 초를 뽑는데, 마히루가 아쉬워하는 표정을 지어서 초를 조심스럽게 다른 그릇에 남김으로써 안도하는 얼굴을 끌어내는 데 성공했다.

"자, 받아."

이 크기면 4등분으로 되겠지. 그렇게 먹기 편한 크기와 자르기 편한 느낌을 양립한 배분으로 정해서 자르고, 초콜릿이 올라간 주역용 케이크를 담아서 그릇을 마히루에게 건넨다.

조심스럽게 받은 마히루는 마치 보물을 보는 것처럼 표정을 풀고서 눈을 초롱초롱 빛내고 있었다. 너무 호들갑이라고 생각하면서도 그만큼 마히루가 기뻐한다는 증거이므로, 아마네는 쑥스러운 기분을 느끼며 마히루에게 포크를 건넸다.

"드시죠."

"자, 잘 먹겠습니다."

조금 머뭇거리는 건, 미묘하게 균형을 잡아서 올린 초콜릿을 떨어뜨리지 않으면 먹을 수 없어서 그런 걸까?

한동안 안절부절못하고 어떻게 할지 고민하던 마히루가 미안한 듯이 초콜릿을 하얀 무대에서 내리고 그 토대를 한입 크기로 자를 때까지 시간이 제법 걸렸지만, 먹을 때는 한순간이다.

흰색과 빨간색이 잘 조화된 예쁜 덩어리가 작은 입술 사이로 쏙 들어간다.

이어서 큼직한 캐러멜색 눈을 확 뜨더니, 천천히 부드럽게 미소를 띠었다.

조심스럽던 표정에 온화하고 편안한 기운이 깃드는 걸 보고, 아마네는 최근 반달 동안의 노력이 보답받았음을 확신했다.

"어때……?"

"맛있, 어요."

꼼꼼하게 씹은 다음에 삼킨 마히루가 수줍게 웃으며 고개를 끄덕인 덕분에 이제는 긴장을 풀어도 되겠다며 그동안 차마 내쉬지 못했던 무거운 공기를 폐에서 몰아낸 아마네는, 다시 신선한 공기를 가벼워진 마음으로 들이마셨다.

"다행이야. 마히루가 내 생일에 케이크를 만들어 줬으니까, 나도 보답해 주고 싶었어."

자기가 받고 기뻤던 일을 상대에게도 해주고 싶은 아마네는, 마히루에게도 똑같은 기쁨을 맛보게 해주고 싶었다.

그러려면 최선을 다할 수밖에 없는데, 아마네는 애초에 초보자다. 시간에도 제한이 있으니까 독학으로 무작정 움직이는 것보다, 그 방면의 전문가에게 가르침을 청하는 방향으로 움직인 것이다.

결과적으로 그렇게 해서 성공했으니까, 정말로 난처할 때는 남을 의지해야 한다는 것을 실감할 수 있었다.

"하지만 내 솜씨론 도저히 마히루 수준으로 만들 수 없을 것 같아서, 역시 사람은 의지하고 볼 일이야."

"오너님이 가르쳐 주신 거군요."

"그래. 내가 부탁했어. 여친을 위해서 생일 케이크를 만들고 싶습니다, 라고 했더니 싱글벙글 웃더라고. 그 사람답다고 할까. 하지만 정말 고마워."

이렇게 심플한 것일수록 재료의 맛과 기량이 전체의 맛에 직결한다고 말한 후미카는 요리를 제법 할 수 있게 되었어도 제과에 관해서는 완전 초보인 아마네를 기초부터 단단히 가르쳤다.

달걀을 푸는 방식에 따라서 스펀지의 촉감이 확연히 달라진다며 이것저것 먹어서 차이를 느끼게 하거나, 크림의 지방분에 따라서도 섞는 시간과 방식이 달라진다며 각각의 재료를 만져 보게 하거나, 케이크에 쓰는 재료는 여기서 사는 게 좋다며 제과 전문점이 있는 곳을 알려주거나 하는 등, 여러 방면에서 지원해 주었다.

아르바이트 직원으로 고용해 준 데다가 이만큼 도와준 거니까, 아마네는 완전히 고개를 들 수 없는 상대가 되었다.

"저도 아마네 군의 생일 때 신세를 졌으니까 인사하러 가고 싶은데……. 아마네 군은 싫은 거죠?"

"시, 싫은 건 아닌데. 조금만 더 내가 멀쩡히 접객할 수 있게 되고 나서 와 주길 바란다고 할까……. 어색하면 부끄럽잖아."

한 달이 넘게 지나서 일 자체는 익숙해졌다고 믿지만, 마히루에게 보여줘도 될 수준에 달했는지 물어보면 아니라고 대답할 자신이 있다.

애인이나 친구에게 일하는 모습을 보여주면 왠지 거북하다는 건 어지간한 사람이라면 다 느낄 것 같은데, 자신이 접객하는 모습을 보여주면 그것에 박차를 가할 것 같다.

마히루에게 보여줄 거라면 당당하게 하는 모습을 보여주고 싶다는 아마네의 자존심 문제 때문에 기다리게 하는 건 미안하지만…… 역시 그 점은 양보하지 못했다.

최대한 여친에게 멋진 자신을 보여주고 싶다. 약한 모습과 한심한 모습도 다 보여준 아마네지만, 그 점에서는 고집이 있는 것이다.

"아마네 군은 허둥대도 귀여울 것 같은데요."

"그런 건 좋지 않아. 멋져 보이고 싶다고."

"네. 그러니까 기다릴게요."

기다리게 하는 것을 허락하는 듯한 마히루가 기다려야 하는데도 즐겁게 웃어 주니까, 아마네는 그 관대함에 속으로 싹싹 빌면서 자신도 케이크를 입으로 옮긴다.

후미카에게 단단히 지도받아서, 케이크 자체는 맛있게 완성되었다.

시럽을 바른 스펀지는 너무 무겁지 않고 식감이 부드럽다. 스펀지에 있는 딸기와 함께 입안에서 사르르 녹는다. 크림도 너무 달지 않게 조정한 덕분인지 딸기의 신맛과 단맛이 잘 느껴졌다.

세세하고 멋스러운 것도 좋아하지만, 최종적으로 이렇게 기본 형태로 돌아오는 것이 마히루다. 그러니 마히루의 취향에 맞는 맛을 재현할 수 있지 않았을까.

마히루를 힐끗 보니 표정을 부드럽게 풀고 소중하게 맛보고 있는 듯, 평소 디저트를 먹을 때보다도 훨씬 기분 좋게 눈썹이 내려가 있었다.

"맛있어."

"잘됐네……."

마음에 든 것 같으니까 아마네로선 대성공이다.

이러면 가끔 마히루를 위해 만드는 것도 나쁘지 않겠다고 슬쩍 생각하면서, 아마네는 마히루의 미소를 토핑으로 삼아 단맛을 줄인 케이크를 천천히 맛봤다.

마히루가 다 먹은 타이밍에 맞춰, 아마네는 잠시 침실로 갔다.

아무리 그래도 노골적으로 포장한 것을 밝은 곳에 두면 다 들키니까 침실에 준비해 뒀는데, 아마네가 자리를 뜨는 바람에 쓸쓸해진 마히루가 아마네를 눈으로 좇은 듯, 돌아온 아마네의 손에 들린 것을 보고 눈을 크게 깜빡였다.

오늘은 마히루의 그런 표정을 많이 본다며 기뻐하면서, 소파에서 머뭇거리고 있는 마히루 다리 앞에서 무릎을 꿇고 앉아 가지런히 모인 다리 위에 마히루의 손을 올리고, 그걸 올렸다.

"생일 선물. 귀중한 체험도 중요하지만, 형태로 남는 것도 전하고 싶었거든."

부케는 어디까지나 맛보기고, 케이크와 이것, 그리고 마지막 하나가 주력이다.

선물이라고 해도 딱히 대단한 걸 줄 수 있는 건 아니다. 고등학생이 줄 수 있는 것, 그리고 마히루의 취향에 맞는 것은 한정되며, 그렇듯 적을 수밖에 없는 선택지 중에서 고른 것이다.

그래도 그 마음과 고른 이유가 중요하다고 생각해서, 아마네도 나름대로 고민하고 마히루에게 이걸 선물하기로 결심했다.

"솔직히 말해서, 마히루는 자기한테 필요한 거라면 망설이지 않고 사고, 비싼 물건은 미안해서 기뻐하지 않잖아. 그러니까 무척 고민했는데 말이야."

예전에 치토세와 이야기해 본 거지만, 마히루는 물욕이 별로 없고, 게다가 필요한 거는 주저하지 않고 사는 성격이어서, 선물을 주려는 사람에게는 몹시 까다로운 부류일 것이다.

뭘 줘도 기뻐할 게 뻔하니까 오히려 뭘 주면 좋을지 고민했는데, 결국 아마네 자신이 본 마히루에서 연상해 선물을 골랐다.

뜯어 보라고 부드럽게 속삭이자 경직에서 풀려난 듯한 마히루가 그래도 되냐는 것처럼 눈치를 보는 게 재밌어서 웃음이 나왔다.

아마네의 태도에 조금 뚱해진 마히루가 그런데도 조심조심, 신중하게 상자를 꼼꼼히 감은 리본을 풀기 시작한다. 손끝이 조금 떨리는 건 지적하지 않는 게 좋겠지.

선물이라고 하면 무의식중에 떠올릴 사람이 많을 법한 광택이 나는 빨간 리본을 상자를 구속하는 사명에서 해방한 마히루는, 또다시 조심스럽게 포장지를 뜯어서 마침내 선물이 든 상자 본체를 확인했다.

　다시 아마네의 눈치를 봐서 "열어도 돼."라고 웃으며 보채자, 숨을 삼킨 기색으로 상자 뚜껑을 연다.

　안에서 나온 것은 완충재와 마히루의 두 손에 딱 들어갈 듯한 또 다른 상자였다.

　아니, 단순히 상자라는 표현은 정확하지 않으리라. 선물이 무슨 마트료시카일 리가 없다.

　지금 마히루가 손에 든 것은 나무로 된 앤티크 스타일의 보관함이다. 근사한 색감과 마히루가 좋아하는 꽃을 새긴 디자인이 고급스럽고, 귀여움보다는 우아하고 아름다운 느낌이 드는 물품이다.

　"저기, 마히루가 좋아할 것처럼 생긴 보관함인데."

　원래라면 애인의 생일엔 액세서리나 화장품 같은 것을 주는 게 무난할지도 모르지만, 아마네는 여러 사람의 의견을 듣고 이걸로 정했다.

　마히루의 성격이 그런 것도 있지만, 마히루는 물건을 아주 잘 간직하고, 다른 사람에게 받은 것은 특히나 소중하게 보존하는 경향이 있다.

　아마네에게 받은 것은 하나하나 상태가 나빠지지 않도록 손질하며 간직한다는 말을 듣고, 그 꼼꼼함에 탄복했을 정도다.

그렇기에 이번에는 그렇게 소중히 여기는 것이, 마히루의 추억이 되는 것이, 편안하게 쉴 수 있는 장소를 주고 싶어졌다.

"마히루는 내가 준 것을 전부 소중하게 여겨 주니까 말이야. 그런 걸 보관할 곳이 있으면 좋을 것 같아서. 아니, 아마 마히루한테도 있을 테니까, 이걸 쓰라고 강요하는 건 아니야!"

선물했다고 해서 반드시 써야 한다는 법이 있는 것도 아니니까, 그 부분은 중요하다며 주장한 다음 헛기침을 한 번 했다.

"앞으로 내가 선물하는 것을 보관할 곳이 있으면 좋겠다고 생각해서 말이지."

너무 대놓고 말하면 쑥스러우니까 좀처럼 말로 표현하기 어렵지만, 천천히, 마음속으로 생각하던 자신의 소망을 말한다.

"언젠가 내가 준 것만으로 꽉 차면 좋겠다고, 생각했어……. 미안해. 이건 내 생각만 한 거네."

"그렇지, 않아요……."

선물한 이유에 자신의 소망이 담겨서 이기적으로 자조하는 웃음을 지으려고 했을 때, 마히루가 고개를 숙이고 가로저었다.

그 목소리가 희미하게 떨리고, 눈에서 떨어진 큼직한 보석이 보관함 위에 놓인 손등에 닿아서 터진다.

이제는 그 눈물이 슬픔에서 비롯된 것이 아님을, 말하지 않도 알았다.

"아마네 군은 저를 몇 번이나 울릴 셈인가요."

"기뻐서 우는 거라면, 몇 번이라도."

"참……."

조금 토라진 듯, 응석을 부리는 듯한 음색은 아마네를 향한 신뢰의 증표이리라.

　고개를 든 마히루는 눈물샘을 혹사하는 바람에 조금 빨개진 눈가의 안쓰러움을 싹 씻어내는 듯 만족스럽고, 시원하면서 부드러운 웃음을 아마네에게 한껏 보여주었다.

　"집에 가서, 넣어야, 겠네요. 팔찌라든가, 머리핀이라든가, 제 보물을. 후후. 열 때마다 행복해질 거예요."

　마히루가 망가질까 걱정하듯 뚜껑을 살살 열자, 안에는 칸막이가 없는 심플한 공간이 3단으로 있었다.

　별로 크지는 않아도 어지간한 액세서리와 두껍지 않은 물건이라면 여기에 수납할 수 있을 것 같아서, 마히루는 두근거림을 감추지 못한 듯 들뜬 목소리로 말했다.

　"앞으로도 보물로 가득 채워주고 싶은걸."

　"액세서리를 넣는 공간 말고도 넓은 공간이 있는 것 같으니까요. 다른 소중한 것도 넣어야죠."

　"예를 들면?"

　"후후. 아마네 군과 지낸 추억의 물건을요. 정말 사소한 거니까, 비밀이에요."

　선물로 준 것은 잘 기억하고 있지만, 마히루가 하는 말로 봐서는 그런 게 아닌 것도 소중하게 보관해 주는 듯하다.

　그것이 뭔지 짚이는 구석이 별로 없다는 사실에 조금 죄악감이 생기시만, 마히루는 그걸 알면서도 신경 쓰지 않는 기색으로 웃어 주었다.

"그건 감추는 거야?"

"네. 아마도…… 정말로 아마네 군이 아무 생각 없이 준 거나, 함께 있을 때 구한 거예요. 기억하지 못하는 게 당연하니까, 나중을 기대해 주세요. 가득 차면 보여줄 거니까요. 이런 일도 있었다고 추억을 떠올릴 수 있도록."

"응."

분명 앞으로도 많은 추억을 마히루와 함께 만들어 나가리라. 아니, 만들 것이다.

그렇게 해서 이 보관함을 행복으로 가득 채우는 날이 오면 좋겠다고 시선만으로 마히루에게 말하자, 똑같은 마음을 공유해 준 마히루는 푸근하게 미소를 짓고서 서로가 앞으로의 미래를 기대하듯 미소를 지었다.

마히루가 생일 축하의 여운에 잠겨 조용히 눈을 감은 것을 보고 지금까지는 대성공이라며 조금 자화자찬했다. 한편으로 마지막 한 조각을, 마히루가 어떻게 여길지 모르는 아마네는 아직 긴장을 풀 때가 아니라며 입술을 굳게 다문다.

벽을 힐끗 보니 장식 탓에 눈에 잘 들어오지 않는 벽시계의 바늘로 약속 시간이 임박했음을 확인할 수 있었다.

(이제 시간이 다 됐어…….)

마히루의 생일 막판에, 아마도 가장 큰 서프라이즈 시간이 찾아온다.

이미 오늘 축하가 전부 끝나서 느긋하게 행복을 실감하기만

하면 된다고 여기는 마히루는 소파에서 고양이 인형에 있는 발바닥 젤리를 조물조물 만지며 아주 편안한 기색이다.

그 차분한 분위기를 깨는 건 진심으로 미안하지만, 더는 돌이킬 수 없는 데까지 왔으니까 마음을 굳게 먹을 수밖에 없다.

"아…… 마히루, 저기 말이지."

"네."

아무것도 의심하지 않고 아마네를 쳐다본 마히루는 평소보다 1.5배는 몽실몽실 늘어진, 행복으로 물든 표정을 지었다. 그리고 아마네를 향한 애정이 듬뿍 담긴 그 눈빛은 아마네의 볼살에 구내염을 다섯 개쯤 만들 정도로는 참지 못할 귀여움이 있었다.

아마네는 볼살을 깨물어서 지금 당장 귀여워하고 싶다는 마음을 아픔으로 억누르며, 태연한 척하고 말을 잇는다.

"마히루에게, 서프라이즈가 하나 더 있다고 할까."

"이것만으로도 충분한데요? 너무 많이 준비한 거 아니에요?"

"오히려 지금까지 하지 못한 만큼 한꺼번에 축하하는 생일이니까, 완전 부족한 수준이란 말이지. 더 욕심을 부려도 되는 걸?"

"아, 아뇨. 그렇진……. 저기, 제가 못 버틴다고 할까요. 한도를 초과하잖아요."

"그렇게 되면 미안해."

"네?"

애초에 그렇게 될 것을 예상하고 이번 마지막 서프라이즈를 준비했다.

마히루는 무슨 일인지 전혀 이해하지 못한 듯 의아한 눈치로 쳐다보는데, 아마네는 일부러 설명하지 않고 지금 자신이 할 수 있는, 가장 큰 선물인 서프라이즈를 완성하고자 조용히 일어섰다.

 "일단 준비는 했는데, 마지막 마무리를 할 테니까 거기 앉아서 기다려 줘."

 당황하는 마히루를 남겨두고, 아마네는 자기 방으로 돌아가 대기 중이던 노트북을 거실로 가져왔다.

 갑자기 전혀 상관없어 보이는 노트북이 나와서 마히루의 시선에서 의문이 더 강해지지만, 아마네는 여전히 답을 가르쳐 주지 않고, 어디까지나 보면 안 된다는 식의 자세를 고수하며 노트북을 좌식 테이블에 두었다.

 펼쳐진 노트북 화면에 뜬 것은 영상 통화가 기능한 회의용 앱의 통화 대기 화면이다.

 "저기, 어쩌면, 이건 괜한 참견일지도 몰라."

 아마네의 독단과 독선으로 정한, 오늘 하루에서 가장 큰, 아마네의 힘만으로는 이루어질 수 없었던 서프라이즈.

 기뻐해 줄까 하는 기대감에 가슴이 벅찬 한편, 괜한 짓을 해서 미움받지 않을까 하는 불안도 따라다닌, 아마네에게는 도박이나 다름없는 행위.

 물론 이 서프라이즈가 없어도 충분히 기뻐할 것으로 여겼고, 실제로 울면서 기뻐해 주었다. 그러니까 원래라면 하지 말아야 했을지도 모른다.

하지만 이미 태엽을 다 감고 손을 떼기만 하면 되는 상태이므로, 돌이킬 수는 없다.

　마음을 굳게 먹을 때다.

　"괜한 참견이라고 할까, 쓸데없는 짓을 한다고 생각할지도 몰라. 하지만 나만 마히루를 축하해 주고 싶은 게 아니니까, 마히루를 소중히 여기는 사람도 있어."

　마히루는 오늘 많은 사람이 탄생을 기뻐해 주고, 축하해 줬다. 지금 마히루가 친하다고 여기는, 소중한 친구들에게 축복받았다.

　분명 더 바랄 나위가 없을 정도로 기뻐했으리라.

　그래도 한 가지, 아마네는 부족한 것이 있다고 생각했다.

　지금의 친구들이나 부모를 대신하는 사람들에게 축복받는 것만이 아니라, 과거에 마히루가 따르고, 사랑했던, 소중한 사람이 쏙 빠진 게 아닐까.

　마히루의 탄생을 진심으로 축하해 줄 사람이 한 명 더 있지 않을까.

　채팅으로 준비가 끝났음을 알리고, 아마네는 빨라지는 심장 고동을 진정시키고자 천천히 심호흡한 다음, 전화기 마크가 있는 버튼을 클릭했다.

　화면이 아무것도 없는 검정 배경에서 선명한 색상으로 바뀌었다.

　『아가씨.』

　노트북 스피커에서 부드럽게 흘러나오는 목소리.

높지도 낮지도 않고, 부드럽고 차분한 그 목소리는 아마네에게 익숙하지 않지만—— 마히루는 그렇지 않으리라.

마히루의 입에서 "어?"하고 톤이 올라간 목소리가 흘러나온다.

그리고 소파에서 벌떡 일어나 뛰어내릴 기세로 바닥에 내려오고, 좌식 테이블 위에 설치된 노트북에 다가가 화면을 응시하는 마히루의 표정은 평소의 침착함과는 거리가 먼 경악으로 가득했다.

믿기지 않은 듯이 눈을 동그랗게 뜨고, 살짝 넋이 나간 것처럼 입술이 벌어진 마히루의 모습은 완전히 당황했다고 해도 과언이 아닐 만큼 차분하지 않았다.

그렇듯 평소와 전혀 다른 마히루의 모습을, 상대도 느낀 것이리라.

하면에 비친, 아마네의 부모님보다 한 세대는 더 나이를 먹은 여성은 정숙한 웃음에 놀라움과 유쾌함을 조금 더한 표정으로 마히루를 바라보고 있었다.

『나는 일에서 물러났으니까, 이렇게 부르는 건 올바르지 않으려나. 그래…….』

여전히 몸을 굳히고 화면을 응시하는 마히루와 화면 속 여성…… 쿠지가와 코유키는 시선을 맞추며 미소를 지었다.

『마히루 양, 오랜만이에요.』

가슴에 손을 얹고 우아하게 웃으며 마히루의 이름을 부른 코유키는 머릿속이 멈춘 듯한 마히루를 아랑곳하지 않고 말을 이었다.

『갑자기 이름을 불러서 미안하네요. 하지만 나는 이미 고용된 몸이 아니니까, 이름을 부르는 걸 허락해 주겠어요?』

"어째서, 어, 어떻게."

『서프라이즈는 성공했을까? 후후.』

대성공이라고 해도 과언이 아니다. 오히려 너무 성공해서 마히루의 심장이 멎지 않을지 걱정될 정도로 마히루의 허를 찌르지 않았을까?

장난기가 묻어나는 목소리도 저속하지 않고, 어른의 여유가 묻어나는 고상함이 있다. 그것이 마히루를 더더욱 혼란스럽게 하는 것을, 조금 떨어진 곳에 있는 아마네도 알 수 있다.

"어? 어? 왜, 어째서."

『왜냐는 말은, 내가 이렇게 영상 통화를 하는 이유를 말하는 걸까? 그건 옆에 있는 학생에게 물어보는 게 좋을 것 같구나.』

이럴 때 이쪽으로 화제를 돌리는 건가. 그렇게 생각하면서도 황급히 돌아보는 마히루에게 설명할 수밖에 없으므로, 아마네는 슬쩍 웃으며 좌우지간 진정시키고자 마히루를 소파에 다시 앉힌 다음, 마음을 굳게 먹고 쳐다봤다.

"아…… 먼저 사과할게. 미안해."

"네?"

"나는 나쁜 짓을 했습니다."

"나쁜, 짓……?"

"내가 어떻게 연락했는지, 이상하다고 생각하지 않아?"

코유키는 아마네를 만나기 전의 마히루를 돌보던 가정부이자 교육 담당이다. 아마네와는 직접적으로 관계가 없고, 대화한 적도, 목소리조차 들어본 적이 없다.

그렇다면 당연히 연락처를 알 수가 없다. 그 사실은 마히루도 금방 떠올릴 수 있을 것이다.

순간적으로 이해한 듯 마히루가 "아." 소리를 내서, 아마네는 몹시 미안한 마음으로 일의 경위를 설명하기 위해서, 사전에 어떻게 해명할지 생각했던 것을 머릿속으로 정리하며 천천히 입을 열었다.

"예전에, 말이야. 코유…… 쿠지가와 씨에게 인사하고 싶다고 말한 적이 있잖아?"

"그, 그래요."

"쿠지가와 씨의 사진을 보여줬을 때 메모를 봤다고 할까, 메모에 있는 주소와 전화번호를 외웠단 말이지."

그때, 아마네는 코유키의 개인정보를 접할 기회가 있었다.

평소에는 편지로 안부를 주고받지만, 일단은 다양한 방법으로 연락할 수 있었던 것 같다. 아마네는 마히루가 같이 보관 중이던 메모에 이메일 주소와 집 주소, 전화번호가 적힌 것을 보고 말았다.

그 메모를 봤을 때, 특징적이면서도 알기 쉬운 주소여서 딱히 응시하지 않은 아마네도 한순간에 외웠다.

솔직히 메일을 보낼 때 며칠은 이래도 정말 되는지, 예의에 어긋난 걸 넘어서 윤리적으로 문제가 있다며 자문자답과 자책을 되풀이한 기억이 있다.

그건 지금도 변함없고, 메일을 보낸 후의 속쓰림은 지금도 기억하고 있다.

자신도 언젠가는 인사하러 가고 싶었지만, 이런 식으로 멋대로 연락해서는 안 된다는 것을 알고 있었다.

이번에 코유키를 끌어들인 것도, 아마네의 독선적인 판단이다. 그 정도는 잘 알았다.

그래도—— 아마네는 어떻게든 코유키에게 도움을 청하고 싶었다.

"마히루와 쿠지가와 씨, 개인정보를 무단으로 알아내 이용해서 정말 죄송합니다. 진심으로 사과합니다."

저쪽에 이쪽 영상이 나오는 걸 아니까 카메라 앞으로 이동해 머리를 꾸벅 숙이는데, 코유키는 못 말리겠다는 듯이 쓴웃음을 지었다.

처음 연락했을 때도 싹싹 빌었지만, 그것으로도 부족하니까 머리를 숙인 채로 있었더니 『정말이지. 고개를 들어 주세요.』라고 조금 질색하는 목소리가 뒤통수에 닿았다.

『처음엔 사기 메일인 줄 알고 아들 부부와 상담했는데요?』

"정말 죄송합니다."

『그래요. 그 점은 당신의 절박함을 참작해서 용서하죠. 여자친구를 위해서 뭐든지 하고 싶다는 기백과 죄악감은 느꼈으니까요. 다음부터는 조심하세요.』

"네. 다시는 안 하겠습니다."

다시는 이렇게 단계를 건너뛰고 무례한 짓을 할 마음이 없다.

코유키가 보면 생판 남인 아마네는 진짜 수상한 사람일 텐데, 잘도 이야기를 들어준 데다가 협력해 주었다며 고마움과 미안함이 넘쳐난다.

『내 얼굴을 봐서, 마히루 양도 용서해 주지 않겠니? 이 학생은 당신을 위해서 열심히 내게 설명하고, 머리를 숙였어. 무례하고 버릇없는 말인 걸 알지만 꼭 좀 부탁할 수 없냐고.』

"화, 화낸 적 없어요! 아마네 군은 항상 저를 위해 노력해 준다고 할까요. 이것도 저를 위해서 한 일이라고 생각하니까, 정말로, 미안함과 기쁨과 고마움이 넘쳐나서."

"기뻐해 준다면 남친으로서 보람이 있어."

『이 학생은 정말 열정적으로 말했거든? 당신이 인생에서 가장 기쁜 생일을 맞이하게 하고 싶다고, 그러려면 내 존재가 중요하다고 말이야. 그토록 의지해 주면 당연히 협력하고 싶어지겠지? 게다가 내가 마히루 양에게 행복의 일부가 될 수 있다면, 영예로운 일이니까.』

온화한 투로 자아낸 말에, 또다시 마히루의 눈에서 물방울이 뚝뚝 떨어졌다.

희미하게 발그레진 뺨을 따라서 뚝뚝 떨어지는, 흘러넘치는 감정의 결정이 대체 어떤 의미인지를, 아마네는 자연스럽게 이해했다.

오늘 하루 마히루의 눈물샘을 완전히 느슨하게 만들었다는 자각이 있는 아마네가 근처에 둔 손수건을 건네자, 마히루는 살짝 미소를 지은 다음에 순순히 받았다.

『다시 말하죠. 오랜만이에요. 마히루 양.』

마히루가 넘쳐나는 감정을 손수건으로 닦아낸 것을 확인한 코유키가 온화하게 말을 걸어서, 오랜만의 재회를 방해하지 않는 게 좋겠다며 자리를 뜨려고 아마네를 마히루의 손이 막는다.

소맷자락을 살짝 잡는 정도의 작은 저항인데도 자연스럽게 그 자리에 붙들리는데, 마히루는 괜찮더라도 코유키에게는 아마네가 재회에 방해되지 않을까 싶어 코유키의 눈치를 봤더니…… 어째서인지 미소를 짓고 눈빛으로 이 자리에 남을 것을 지시했다.

보아하니 두 사람은 방해되는 존재로 여기지 않는 듯하다.

마히루가 소파 옆자리를 손으로 툭툭 쳐서 이쪽으로 오라고 보챈다.

노트북 화면을 보니 여전히 속내를 알기 어렵게 웃는 코유키가 보인다. 아마네는 고민한 끝에 거부하지 않는 것으로 믿고 마히루의 옆에 앉았다.

『여러 번 편지를 주고받긴 했어도, 이렇게 얼굴을…… 이건 대면한 것으로 쳐도 될까. 지금까지 이렇게 성장한 모습을 볼 기회가 찾아오지 않았는데…… 이번에 기회를 얻어서 정말 기쁘군요.』

"오, 오랜만이에요, 코유키 씨……."

『이머. 우는 얼굴보단 웃는 얼굴을 보여주세요. 모처럼 얼굴을 보여주는 거니까.』

"네."

고운 눈꺼풀 틈새로 계속해서 맺히는 굵직한 진주를 손수건으로 막은 마히루가 간신히 밝게 웃는 얼굴을 보여줘서, 코유키는 안도한 것처럼 미소를 지었다.

『솔직하게 울 수 있게 되었다고 생각하면, 기쁘기도 하지만. 그만큼 당신이 약한 모습을 다른 사람에게 보여줄 수 있는 강함을 손에 넣었다는 증거이기도 하니까.』

어릴 적부터 약한 모습을 드러내려고 하지 않고, 코유키에게도 우는 얼굴을 거의 보이지 않았다고 하는 마히루는 정말 강하면서도 약한 존재이기도 했다.

아무도 의지할 수 없이, 혼자 끌어안을 수밖에 없었다. 아무리 힘들어도 응석을 부릴 수 없었다.

지금의 마히루는 그 단단함을 비리면서 약하고 물러졌지만, 꺾이지 않을 만큼 억세고 강해졌으리라.

『훌륭하게 성장했군요, 마히루 양.』

"고맙습니다……."

『마지막에 봤을 때보다 표정도 참 밝아졌어. 눈빛도 다르고. 좋은 환경을 만난 거군요. 정말 다행이야.』

"네……."

진심으로 안도한 듯한 그 목소리는, 정말로 마히루를 걱정해서 나온 것이리라.

부드러운 미소를 띤 얼굴에도 걱정과 안도가 담겨서, 당시에는 어지간히 걱정했을 것으로 보였다.

마히루는 울음을 그치긴 했어도, 어째서인지 몸을 조금 움츠리면서도 등을 쭉 펴서 반듯한 자세인데, 그런 마히루에게 코유키는 입가에 손을 대고 우아하게 미소를 짓는다.

『후후. 이미 고용관계도 아니니까 그렇게 딱딱하게 있지 않아도 돼요. 나는 이미 평범한 할머니에 지나지 않으니까.』

"따, 딱딱하게 있는 건, 저기, 오랜만이라서 긴장한 거예요!"

『어머. 후후. 나는 기쁜 나머지 너무 살가워졌으니까 피차일반일까요.』

코유키의 말 한마디에 알아보기 쉽게 쑥스러워하는 마히루를 보고, 코유키는 아까보다 조금 거침없어진 기색으로 웃었다.

『식상한 걸 물어보겠는데, 잘 지내나요? 가끔 편지를 받긴 하지만, 당신에게 직접 듣고 싶군요.』

"네. 잘 지내요. 무척……."

『뻣뻣하군요. 그렇게 긴장하지 않아도, 나는 화내거나 가버리지 않아요.』

"네."

『봐요. 바로 딱딱해지네.』

"으으……."

『이건 마히루 양이 익숙해질 수밖에 없겠군요.』

다시 지적해도 오랜만의 재회에 마히루의 긴장이 풀리지 않는 듯, 아직도 평소보다 반듯한 자세로 있다.

그런데도 긴장만이 아니라 신뢰와 친근함이 담긴 눈으로 화면을 보니까, 익숙해지는 것도 시간문제일 것이다.

『그래도 정말 잘 지낸다니 다행이네요. 묻지 않아도 표정으로 알 수 있지만요. 좋은 사람을 만났군요.』

"네."

좋은 사람, 이란 말에 기습당한 아마네도 자세를 반듯하게 잡는데, 마히루가 곧장 긍정한 사실이 쑥스러워서 시선이 갈피를 못 잡는다.

『마히루 양이 그렇게 말한다면, 이 학생에 관해선 너무 걱정하지 않아도 되겠죠. 그야 여자 친구를 위해서 열심히 뛰어다니는 것도 들었으니까, 처음부터 나쁜 사람이라고 의심한 적은 없지만요.』

오래 살다 보면 사람이 좋은지 나쁜지 정도는 알아볼 수 있게 된다며 우아하게, 그리고 순수하게 소리를 내어 웃는 코유키 때문에 아마네의 속이 조금 쓰렸지만, 아마네가 먼저 멋대로 연락한 거니까 티를 내지 않고 슬쩍 웃기만 했다.

그런 아마네의 복잡한 마음을 아는지 모르는지, 코유키는 우아한 표정을 흐트러뜨리지 않는다.

"정말로…… 아마네 군에겐 감사해도 모자랄 지경이에요. 저를 위해서, 많이 준비해 주고, 코유키 씨도 불러 주어서."

"마히루는 신경 쓰지 않아도 돼. 내가 독단으로 진행한 일이니까."

오히려 하염없이 굽신거려야 하는 처지이지만, 그래도 마히루가 기뻐해 준다는 사실은 반갑고 자랑스럽다.

조금 위험한 수단을 쓰는 바람에 아마네가 대놓고 기뻐할 수 없긴 하지만.

"모처럼 마히루가 태어난 날이니까, 다 끌어안을 수 없을 정도로 행복한 게 좋잖아. 솔직히 말해서 성공할 확률은 반반이었지만."

민폐로 여기거나, 화내거나, 질색하거나, 미워하게 될 위험은 아마네 혼자 부담하므로, 코유키와 마히루 모두 가볍게 용서해 줘서 다행이었다.

"내가 조금 뛰어다녀서 마히루가 기뻐해 준다면, 당연히 고생을 마다할 수 없다고 할까…… 마히루도 나를 위해서 여러모로 애써 주니까 말이야. 나도 꼭 해주고 싶었어. 마히루가 더 웃어 주길 바라니까. 지금은 울렸지만."

아마네가 말을 이을수록 눈가에서 맑은 물방울을 흘리니까, 허둥지둥 손수건을 집어서 조심스럽게 물기를 훔쳤다.

이대로 가다간 손수건이 우는 게 아닐까 싶을 만큼 여태까지 아마네가 알던 마히루에게선 상상할 수 없을 정도로 눈에서 많은 감정을 드러내니까, 그만큼 마히루의 마음을 좋은 의미로 뒤흔들 수 있었던 것 같다.

"저기, 기뻐해 줬을까?"

"네. 물론이에요."

울기만 할 수 없다는 것처럼 활짝, 또래 소녀답게 해맑게 웃은 것을 보고, 아마네와 코유키 모두 안도했으리라.

『옆에 있는 학생에 대해서도, 마히루 양에게 직접 듣고 싶군요. 사귀고 있는 거죠?』

"네……. 제가, 처음으로 좋아하게 된 사람이고, 같이 있어 주고, 마음이 편해지고, 가슴이 따스해지는 사람이에요. 처음으로, 좋게 보이려고 꾸민 저도, 꾸미지 않은 저도 한꺼번에 좋아해 주고, 저를 잘 알면서도 소중히 여겨 주는, 저와 미래를 함께 보고, 걸어가 줄 사람, 이에요."

바로 앞에서, 물론 화면이지만, 가까운 곳에 마히루가 부모처럼 따르는 사람이 있는 상황에서, 진지하게, 기쁜 듯이, 사랑스러운 듯이, 아마네라고 하는 인격을 칭찬하고 원하는 것이 너무나도 쑥스러워서.

그래도 역시 마히루가 그토록 생각해 준다는 것에 대한 기쁨이 더 커서, 시선은 화면에 둔 채로 자연스럽게 옆에 있는 손을 천천히 찾아가고, 마찬가지로 아마네의 손을 찾던 손가락과 맞닿는다.

누가 먼저랄 것도 없이 손끝부터 미끄러지듯 손바닥을 맞대고 깍지를 끼자, 평소보다 훨씬 따스해진 체온이 손가락에 녹아들었다.

『그래요. 마히루 양에게 그런 사람이 생겨서 다행이야. 정말, 다행이야.』

맞잡은 손에서 신뢰와 행복이 전해져서 저절로 미소가 드러난 얼굴을 보인 듯, 맞닿은 손바닥보다 미지근한, 푸근한 표정을 지은 코유키를 보니 소개받은 남자 친구로서는 다시금 조금, 아니 몹시 부끄러운 기분이 들었다.

코유키는 시호코처럼 놀릴 생각이 없는지 차분한 태도를 유지

© Hanekoto

하며, 그저 흐뭇한 기색으로 지켜보니까 그나마 다행일까.

『마히루 양은 어릴 적부터 남들보다 여러모로 총명했으니까, 사람들에게 실망하지 않을지 걱정했어요. 하지만 이걸 봐서는 괜한 걱정이었나 보군요.』

어릴 적부터 마히루를 봤기에 생긴 걱정은 아마네도 절로 고개가 끄덕여진다. 그래서 아마네는 잘도 이런 자신을 택해 줬다고, 마히루가 들으면 혼날 것 같은 생각을 떠올렸다.

『참고로 입맛은 사로잡았나요?』

"사로잡혔나요……?"

"꽉 잡혔습니다."

『어머나.』

이건 무조건 바로 대답할 수 있어서 고개를 힘껏 끄덕이자, 코유키도 마치 당연하다는 것처럼 미소로 반응해 주었다.

마히루의 요리 솜씨는 코유키가 전수한 것이라고 자주 들었으니까, 평소 맛있는 밥을 대접받는 아마네는 이럴 때 마히루의 원류인 코유키에게 넙죽 엎드려야 할까.

아무튼 아까와는 다른 시점에서 머리를 숙이려고 했더니, 어째서인지 마히루가 맞잡지 않은 손을 버둥거렸다.

"아, 하, 하지만, 저한테 다 맡기는 건 아니고요. 아마네 군도 요리해요! 언제나 함께 만들어 주고, 아마네 군 혼자서 요리한 걸 대접해 주기도 해요! 당번제라고 할까, 교대제라고 할까, 저기, 함께, 생활해 주거든요!"

보아하니 마히루에게 전부 떠넘기고 놀기만 하는 남자로 오해

받고 싶지 않았던 눈치인데, 마히루의 부담이 큰 건 사실이니까 "하지만 마히루가 해주는 요리가 제일이고, 내가 원하는 것도 사실이니까."라고 말하자 마히루의 눈이 다시 촉촉해졌다.

울지는 않아도 맞잡은 손이 떨리고 평소보다 더 강한 힘이 느껴졌다.

『그래요. 마히루 양이 허둥대지 않아도, 잘 알겠어요. 마히루 양이 이상적으로 생각하는 사람인 거죠?』

"네!"

눈망울이 흔들리면서도, 마히루는 고개를 똑똑히 끄덕이고 망설임 없이 말했다.

"코유키 씨는 옛날에, 저를 잘 보는 사람을 고르라고 말씀하셨잖아요."

『그래. 그랬지.』

"역시 코유키 씨는 옳았어요. 코유키 씨가 있던 때도 그랬지만, 코유키 씨가 떠난 뒤에 여러 사람을 접하고, 더욱 실감했어요. 저를 행복하게 해주는 사람은, 저를 자기 기준으로 생각하거나, 겉만 보고 판단하거나, 제 마음을 무시하지 않는 사람이라고."

지금까지 여러 사람에게 둘러싸여서 지낸 마히루이기에 대인관계의 밑바닥에 있는 기준이 남을 존중할 수 있는지가 된 것이리라.

당연한 것 같으면서도 어려운, 인간적으로 중요한 점.

"아마네 군은, 제 마음을 우선해 주고, 이해해 주려고 해요.

제 내면을 보고 좋아해 주었고, 제 환경을 이해하고, 받아들여 주었어요. 저를 존중해 줘서, 정말, 행복해요. 너무 존중하는 바람에 움츠러들 때도 있지만요……."

"너를 생각해서 그런 건데요!"

"아, 일지만요! 소중히 대해 주는 건, 잘 알아요. 저를 존중해서 그렇다는 것도."

은근슬쩍 소심하다는 소리를 들은 기분이다. 이건 서로가 납득한 상태에서 소심하게 구는 건데, 뭐가 불만인 걸까.

아마네가 가만히 쳐다보자 "부, 불만인 건 아니거든요?! 조금만 더 눈치를 보지 않고, 아마네 군의 기분을 우선해도 되지 않겠냐는 건데요."라며 부끄러운 듯 덧붙이는 마히루는 자기가 무슨 말을 하는지 이해하지 못한 것 같아서 남친으로서 고뇌가 더 늘어났다.

(내 기분을 우선했다간 마히루가 터질 게 뻔한데 말이야.)

그때의 맹세를 어길 마음은 조금도 없지만, 마히루가 말하는 걸 듣다 보면 맹세에 어긋나지 않는 범위에서라면 뭐든지 해도 좋다 착각하지 않겠는가.

내성이 별로 없는 마히루를 그렇게 대하고, 응석을 부렸다간 위험하지 않을까. 그렇게 생각해서 진지하게 마히루를 보는데, 정작 마히루는 대담한 소리를 하는 바람에 뺨을 붉히기만 할 뿐, 아마네가 무슨 생각을 하는지는 눈치채지 못한 듯했다.

『사이가 좋아서 다행이군요. 그건 그렇고, 함께 생활한다는 말이 마음에 걸리는군요.』

비난하는 목소리는 아니어도 조금 황당해하는 느낌이 있어서, 마히루가 부모처럼 따르는 여성 앞에서 할 말은 아니었다며 뺨을 움찔거렸다.

"네? 아, 아니에요! 아마네 군은 이웃집에 산다고 할까요. 같은 건물에서 사는 거니까요! 코유키 씨가 걱정하는 일은 하나도 없어요!"

"맹세코, 마히루에게 상처를 주는 일은 하지 않습니다."

코유키가 봤을 때는 귀여운 딸 같은 소녀가 낯선 남자에게 농락당했다고 볼 수도 있을 테니까, 걱정할 수밖에 없으리라.

너무 성급했다고 반성할 수밖에 없는데, 코유키는 아까보다도 더 곤혹스러운 듯, 못 말리겠다는 느낌으로 한숨을 쉰 다음에 마히루를 천천히 쳐다봤다.

『그걸로 내가 뭐라고 할 순 없지만, 적어도 함께 지내는 시간이 많으면서, 지금처럼 사이좋다면 잘된 일이군요. 접하는 시간이 길어질수록 서로 보기 흉한 부분이 눈에 들어오니까요.』

"보, 보기 흉한 부분은…… 저기, 설령 있더라도, 상의해서 개선할 수 있는 사이니까요."

동거하면 서서히 상대의 생활 습관과 금전 감각, 위생 관념, 상식과 가치관 등이 눈에 들어와서 질린다는 이야기를 자주 듣는데, 거의 함께 살다시피 하는 상태에서도 아마네는 마히루에게서 싫다거나 맞지 않다고 느껴지는 점을 본 적이 없다.

굳이 있다고 한다면 툭하면 참으려고 하는 것과 아마네기 기뻐해 주길 원해서 치토세가 불어넣은 대담한 짓을 저지르는 건데, 전자는 솔직해지고 있어서 개선 중이고, 후자는 오히려 오히려 치토세 쪽에 문제가 있으니까 한 번 단속해야 하겠지.

그렇다면 다음에는 마히루가 아마네에게 불만으로 느끼는 점인데, 마히루에게 지적당한 적은 별로 없다. 아니, 처음 만났을 무렵에는 의외로 거침없이 지적했으니까, 고치길 바라는 부분은 다 고친 걸지도 모른다.

그래도 마히루가 봤을 때 고치길 바라는 점이 있을지도 모른다며 "싫은 부분이 있으면 눈치 보지 말고 말해. 마히루를 힘들게 하고 싶지 않으니까 말이야. 서로 기분 좋게 지내고 싶고, 고칠 수 있다면 고칠 거니까."라고 아주 진지하게 말했더니, 마히루는 허둥대는 기색으로 고개를 흔들었다.

"아마네 군은 오히려 저를 너무 의식해 주니까 괜찮은데요?! 저한테는 정말 멋진 사람이기든요?!"

"일부러 좋게 말할 필요는 없는데?"

"그렇다면 지금 같은 점을 들겠어요……. 칭찬해도 잘 듣지 않는 점을 고쳐 주세요."

입술을 눈에 띄게 삐죽 내민 마히루가 아마네의 허벅지를 찰싹찰싹 때리는지라 더 토라지게 할 수는 없어서, "알았어. 고마워."라고 대꾸해 마히루의 볼이 부푸는 것을 방지했다.

『마히루 양은 완전히 마음을 허락하고 있군요.』

곰곰이 중얼거리는 말을 듣고 시선을 화면으로 돌렸더니 아마네와 마히루의 대화를 잠자코 지켜보던 코유키의 시선이 장난치는 두 사람의 손을 향하고 있으니까, 잘 목격한 것이리라.

역시나 부끄러워졌는지 어깨를 움츠리고 얼굴이 빨개진 마히루를 보고, 아마네도 치솟는 수치심을 얼굴에 드러내지 않도록 필사적으로 참았다.

그런 아마네와 마히루를 보고 즐겁게 소리를 내며 웃은 코유키는 그대로 천천히 시선을 아마네에게로 돌린다.

『후지미야 씨가 보기에, 마히루 양은 어떤가요?』

"어떠냐고 하시면……."

『아아, 이러면 면담 같아지겠군요. 그게 아니라…… 당신의 눈으로 본 마히루 양을 알고 싶은 거예요.』

확인하는 듯한 눈으로 부드럽게 물어봐서, 아마네는 바로 대답하지 않고 어떻게 말할지 천천히 속으로 생각에 잠긴다.

마히루를 어떻게 보는가.

즉, 아마네의 눈에는 마히루가 어떤 소녀로 보이는가. 그걸 말하는 것이리라. 마히루가 내면을 보고 택해 주었다고 하는 아마네가 정말로 마히루를 이해하고 있는지. 그 의문을 해소하려는 질문처럼 들렸다.

그것도 전부 마히루를 위한 것임을, 코유키의 태도에서 알 수 있었다.

그 의도를 이해한 아마네는 어떻게 대답할지 고민했다.

(내가 본 마히루.)

조용히 시선을 돌려서 옆에 있는 마히루를 바라보면, 어떻게 생각하는지 궁금한 듯 희미한 기대와 불안이 담긴 시선과 마주친다.

눈치를 보는 시선 앞에서, 아마네는 조금도 꾸미지 않고 솔직한 마음을 말하기로 결심했다.

"강한 척하고, 뭐든지 참으려고 하는 구석이 있지만, 사실은 외로움을 많이 타는 응석받이죠."

이게 아마네가 생각하는 마히루였다.

"아마네 군?!"

"아니, 나한테 응석을 부리는 걸 좋아하는 것 같아서."

"좋아하지만요! 그런 걸 코유키 씨 앞에서 당당히 말하지 마세요!"

갑자기 남들에게 보여주지 않는 자기 모습을 들킨 마히루는 아까보다 얼굴을 더 빨갛게 물들이고 팔뚝을 툭탁툭탁 때리는데, 아마네는 자기 발언을 철회할 마음이 추호도 없었다.

"기본적으로 마히루는 혼자서 뭐든지 잘하고, 남을 안쪽에 들이지 않으려고 자기가 뭐든지 잘하려고 하는 성격이라고 봅니다. 다른 사람을 잘 의지할 수 없어서, 가끔 자승자박이라고 할까, 자기가 정한 제한으로 허우적대죠."

언제나 겸허하고, 호의를 거부하기 일쑤이며, 자기 일을 우선할 수 없는, 어른스러운 마히루는 아마도 무의식중에 남에게 폐를 끼치기 싫다고, 버림받기 싫다는 마음으로, 상대가 아마네라도 완전히 기대는 걸 꺼리는 듯 보인다.

그것이 아마네가 아닌 다음 사람이라면 더욱 현저해지고, 애초에 다른 사람을 믿을 수 없어서, 착한 아이로 있어야 한다는 무의식적인 강박 관념이 있어서, 자신의 약점을 드러내는 것을 거리낀 나머지, 밖에서 가면을 쓰고 완벽한 소녀로 위장해 그 상태를 일반적인 모습인 것처럼 보이기조차 했다.

　그것이 모두가 보던 '천사님'이다.

　하지만 지금의 마히루는 다르다.

　"지금은 다른 사람을 의지하는 것을 배웠고, 기대는 것도 배웠습니다. 제가 곁에 있게 해주고, 저를 믿고서 있는 그대로의 모습을 보여주었습니다. 이건 마히루에게 큰 결단이었을 테고, 저를 향한 큰 신뢰와 애정의 증거라고 생각합니다."

　위장하지 않아도 된다. 의지해도 된다. 응석을 부려도 된다. 마히루가 그렇게 믿어 주었기에, 지금처럼 감정이 풍부하고, 외로움을 잘 타고, 순수한 마음으로 아마네를 원해 주는 마히루가 있는 것이다.

　그게 무척 자랑스럽다.

　"제 앞에서는 착한 아이가 아니어도 된다고, 애쓰지 않아도 된다고, 꾸미지 않는 진심으로 응석을 부리는 게 정말 귀여워서…… 저도 무진장 귀여워해 주고 싶어진다고 할까요."

　부드러우면서도 슬쩍 밀어내는 투명한 벽을 쌓았던 마히루에서, 벽과 거부감을 전부 철거하고 머뭇거리면서도 진심으로 응석을 부리는 마히루로 바뀌어 가는 모습을 목격했기에, 솔직하게 응석을 부리는 마히루의 귀여움이 한층 도드라져서 참을 수가 없다.

　물론 평소처럼 똑 부러지게 자립한 마히루도, 자신을 타락시키려는 작은 악마 마히루도 말할 나위 없이 귀엽지만, 그것과는 다른 방향으로 귀여운 것이다.

너무 사랑스러운 나머지 흐물흐물하게 녹여서 빠뜨리고 싶은 마음이 안 생기는 것도 아니지만, 그건 마히루의 마음을 어기는 일이기도 하다.

그러므로 마히루가 원하는 만큼 받아주려고 제한을 건 것을, 마히루는 알고 있을까?

아무튼 마히루는 아마네의 말을 들을 때마다 수치심 게이지가 올라가는 듯, 지금은 새빨개진 얼굴로 바들바들 떨며 울상을 지었는데, 이 경우 울렸다는 판정은 세이프라고 믿고 싶다.

"아, 그냥 귀엽다고 응석을 받아주는 건 아니고요. 언제나 애쓰고 노력을 아끼지 않으며 자신을 잘 다스리는 마히루를 존경하고 존중하니까 제가 마히루에게 안식처가 되고 싶다는 거고, 마히루가 싫어하는 타이밍에는 그러지 않습니다!"

제아무리 마히루를 사랑한다고 해도 본인이 원하지 않는 과도한 애정 행각은 서로에게 도움이 되지 않는다. 아마네도 스스로 도가 지나친 행위를 할 리가 없다.

마히루가 행복하고 평화로운 나날을 보내는 것이 제일가는 우선 사항이므로, 이래 보여도 조절하고 있는 축이다.

"저기, 쿠지가와 씨가 걱정하시는 것처럼 마히루에게 뭘 빼앗거나, 일방적으로 요구해서 상처를 주는 짓은 절대로 하지 않겠다고 맹세합니다. 말만 하면 가볍게 들릴지도 모르지만, 맹세를 깰 마음은 없습니다."

이쯤에서 코유키가 눈을 조금 동그랗게 뜬 다음 감탄한 듯 슬쩍 숨을 내쉬는 모습을 보이니까, 역시 질문의 의도는 이게 맞았고, 코유키가 요구한 답은 이것으로 괜찮은 거라.

"제게 마히루는 사랑스럽고, 소중하고, 제가 행복하게 해주고 싶은 아이지만, 저기, 대등한 존재입니다. 일방적으로 부담을 떠넘기거나 무시하지 않고, 서로 잘 이야기해서, 더 기분 좋게 지낼 수 있게끔 노력하는 존재라고 할까요. 서로가 서로에게 행복하게 지낼 곳이 되면 좋겠습니다. 저랑 마히루라면, 가능하다고 생각해요."

마히루의 응석을 받아주는 것이 좋고, 마히루에게 헌신하고 싶지만, 마히루는 그걸 누리기만 하는 존재가 되기를 원하지 않는다.

마히루가 원하는 건 서로의 좋은 점과 나쁜 점을 받아들이고, 납득이 가는 형태로 변화시키며, 서로를 아끼고 평화롭게 살아가는 것이다.

누구 하나가 너무 많이 짊어지면 안 된다. 부담을 나누고, 서로 기대며 '둘이서 함께' 살아가기를 바란다.

그 마음은 아마네도 완전히 똑같다.

"그러니까 걱정하지 마세요. 제가, 마히루를 행복하게 하겠습니다. 둘이서 함께, 행복해질 겁니다."

스스로 생각해도 남들이 들으면 닭살 돋을 말이라고 생각하지만, 틀림없는 진심이고, 변함없는 신념이며, 앞으로도 노력하겠다는 선서였다.

서로를 존경하고, 신뢰하고, 존중하고, 다른 점을 받아들여

고통을 나누고 서로 의지하는 것이 함께 살아가는 것이며, 행복으로 이어지는 길이다.

행복으로 이어지는 노력을, 아마네는 마히루와 함께하면 할 수 있다고 여겼다.

낯부끄러운 기분이 전혀 없진 않지만, 이것만큼은 정확하게, 솔직하게 전하고 싶어서, 코유키의 눈을 보며 진지하게 말한 아마네에게, 코유키는 천천히 심호흡하는 모습을 보였다.

심장 고동이 심하게 빨라지는 것을 마치 남 일처럼 느끼며 코유키의 말을 기다리자, 코유키는 꽃이 흐드러지게 피어나는 것처럼 부드럽게 미소를 지었다.

갑자기 힘이 빠진 것처럼, 지금까지 자세를 바로잡을 수밖에 없었던 압박감과는 조금 다른 분위기가 싹 사라지고, 하염없이 부드러운 미소만이 내면에서 우러난 것 같았다.

『다시 한번, 마히루 양이 상대를 잘못 고르지 않았다고 생각했습니다.』

그건 아마네가 들으라고 한 말일까, 자신에게 들려주려고 한 말일까.

잘 모르겠지만, 적어도 인정한 것은 사실이리라.

『마히루 양의 안목은 믿지만, 혹시 몰라서…… 속을 캐봐서 미안하군요. 만약 인성에 문제가 있다면 노구를 채찍질해서라도 떼어내려고 했는데요.』

자칫 잘못했으면 큰 소동으로 발전했을지도 모른다는 사실을 뒤늦게 깨닫고, 아마네는 코유키의 눈에 들어서 다행이라며 얼

© Hanekoto

굴에는 드러내지 않고 안도했다.

평생을 바쳐 행복하게 해줄 마음인 마히루와 떨어지면 견딜 수 없지만, 만약 처음부터 인정받지 못했다면 코유키의 판정 기준에 도달하지 못한 자신의 부족함에 몸부림칠 것 같다.

"그, 그러지 않아도 돼요! 아마네 군은 좋은 사람이고요. 부모님도 무척 훌륭하니까……!"

『어머, 벌써 부모님에게 인사도 마쳤다 이거군요.』

이 사람은 사실 시호코처럼 은근슬쩍 자기가 듣고 싶은 말만 듣는 성격이라는 생각이 조금 들었다. 물론 시호코와는 성격이 다르지만, 의외로 뻔뻔한 사람이 아닐까?

『좋아요. 자신을 소중히 여기는 사람을 붙잡고 바깥부터 벽을 부숴 나가는 것도 중요하죠. 요즘 세상에선 귀한 인재니까요.』

"으……으으으. 코유키 씨, 그건 너무 노골적이라고 할까, 표현이 좋지 않아요. 전 그러려는 게……."

"죄송합니다. 굳이 따지자면 제가 부순 것 같은데요."

"아마네 군?!"

"애초에 반쯤은 우리 어머니가 나섰다고 할까……. 이렇게 귀엽고 예의 바르고 무진장 착한 아이를 딸로 삼을 기회를 놓칠 수 없다고 기염을 토한 것 같아."

생각해 보면 시호코는 아마네가 마히루에게 반하기 전부터 의기양양하게 벽 허물기 작업에 전념한 것 같기도 하다. 무시무시한 후각과 탐지력이라고 할까, 앞만 보고 돌진한다고 할까.

사실 그렇게 자꾸 밀어붙이는 것을 보고 괜한 짓을 한다고 생각한 적도 있기는 하지만, 결과적으로 마히루와 맺어진 원인 중에는 부모님도 있으니까, 민폐라고 단언할 수는 없었다. 그것과는 별개로 자신이 주도해서 진도를 내고 싶었던 아마네는 괜한 참견이라고 말해 주고 싶은 심정이지만.

"그렇게 말하면 후반에는 제가 중장비를 빌려준 기분이 들잖아요……."

"응?"

"아뇨. 아무것도 아니에요."

마히루는 나지막하게 아마네를 옹호하는 투로 뭔가 말했는데, 머릿속에서 시호코에게 조금 불평하던 아마네는 미처 듣지 못하고 놓쳤다.

그러나 더 이상 말할 마음이 없는 듯한 마히루는 고개를 홱 돌렸다.

이건 마히루가 뭔가 숨길 때 하는 짓인데, 억지로 캐물을 마음은 없으니 언젠가 본인이 말해 주길 기다릴 수밖에 없으리라.

보아하니 마이크가 마히루의 말을 감지한 듯 놓치지 않고 들은 눈치인 코유키는 유쾌하게, 한편으로 감출 수 없는 우아함이 드러난 미소로『그래요. 그랬군요.』라며 마히루에게 맞장구를 치고 넘어갔다.

『봐서는 걱정할 필요가 없었던 것 같군요. 나도 나이를 먹었는지…… 쓸데없이 경계하고 참견하고 말았네요.』

반성하듯 시선을 내린 코유키는 허둥대는 마히루를 시선만으로 제지했다.

『이제야 가슴에 맺힌 것이 풀렸군요. 나는 이제 섣불리 참견할 처지가 아녔으니까, 걱정하고 있었답니다. 마히루 양의 장래를.』

옆에서 "아." 하고 작은 소리가 들렸다.

『하지만 이젠 괜찮아요. 지금 봐서는, 당신에게 맡겨도 좋을 것 같군요. 한차례 멀어진 외부인이 무슨 소리를 하냐고 여길지도 모르겠지만, 마히루 양을 지켜본 어른으로서, 그렇게 생각한 거예요.』

어디까지나 마히루를 생각해서, 코유키는 아마네를 시험했다. 그건 아마네도 잘 안다.

어릴 적부터 마히루가 외로움에 시달리지 않게끔 곁에 있고, 마히루가 타인에게 상처받지 않게끔 올바르게 교육하고, 마히루가 장차 곤란해지지 않게끔 자신을 갈고닦게 하고, 누군가에게 호감이 갈 수 있게끔, 사람에게 실망하지 않도록 많은 애정으로 접했다.

그리고 그렇게 애지중지 키운 마히루를, 아마네에게 맡겨도 된다고 생각해 준 것이다.

『다음에는 둘이서 함께 여기를 방문해 주세요. 우리 아들 부부에게도 소개하고 싶으니까. 귀여운 내 아이의 남자 친구라고. 아, 아들은 내 아이가 한두 명 늘어난 정도로는 질투하지 않으니까 안심해 주세요.』

'내 아이' 라는 말에 마히루가 더 참지 못했는지, 한 번 멎었던 눈물이 다시 쉴 새 없이 흘러나온다.

지금까지의 삶에서 흘려야 할 몫을 지금 여기서 소비하는 것처럼, 짓무른 부분이 떨어져 나가는 것처럼, 희미하게 흐느끼는 소리를 내면서, 마히루는 눈물을 참지 못하고 울었다.

그 모습을 보고, 코유키는 그저 자애롭고 따스하게 감싸는 듯한 미소를 얼굴에 띠고, 아마네와 함께 조용히 마히루가 자신의 감정을 추스르길 기다렸다.

『후후. 나는 아직 결혼을 인정하지 않아요. 통화가 아니라, 내 눈으로 직접 어떤 남자인지 확인해야 하니까요.』

마히루가 차분해질 때를 기다렸다가 장난스럽고 뻔뻔하게 말해서, 아마네는 하마터면 사레가 들릴 뻔했다.

입술을 바르르 떨면서 코유키의 말을 받아치려고 하지만, 요컨대 그런 뜻이라는 것처럼 의미심장하게 쳐다보면 차마 반론할 수 없다. 그러니 그저 입술을 떨면서 가만히 있을 수밖에 없다.

(역시 근본은 우리 어머니와 닮았어!)

시호코와 섞으면 위험한 사람 2탄(1탄은 치토세)이 될 것 같다는 생각에 전율했지만, 몰아치지 않는다는 점에서는 시호코나 치토세보다 착했다.

아마네가 강하게 나서지 못하는 것을 잘 아는 듯한 코유키가 조용히 웃는 소리를 낸 다음, 다시 마히루를 정면에서 보듯이 자세를 바로잡더니 누가 봐도 모성이 느껴지는, 사랑하는 아이를 볼 때의 표정을 지었다.

『그러니 부담 느끼지 말고 둘이서 같이 오세요. 환영할게요.』

"네⋯⋯!"

"고맙습니다."

마치 상대의 부모님 댁에 인사하러 가는 약속을 잡는 것 같아서 쑥스러움과 함께 따스하게 올라오는 기쁨과 안도로 입가에 미소를 지은 아마네와 기쁨에 마른 줄 알았던 눈물을 흘린 마히루를, 코유키는 고운 미소로 맞이했다.

『아, 마히루 양을 울리면 가만두지 않을 거예요.』

"이건 제가 울린 게 아닐 텐데요?"

『어머, 그건⋯⋯ 후후. 세이프로 쳐주세요.』

이럴 때 장난스럽게 웃는 코유키를 보고, 아마네와 마히루는 서로를 보며 참을 수 없는 웃음을 얼굴에 드러냈다.

『기뻐서 우는 거라면 얼마든지 울려 주세요. 마히루 양은 행복에 익숙하지 않은 것 같으니까, 지금까지 없었던 만큼 되찾을 수 있게 해주세요.』

"그렇다면 사양하지 않고, 앞으로도 기뻐서 울 수 있도록 노력하겠습니다."

"저기, 아마네 군."

마히루는 무슨 소리를 하냐며 허둥대는데, 아마네는 철회할 마음이 추호도 없다.

슬픔과 분노 때문에 울리는 것은 말도 안 되지만, 기뻐서 우는 거라면 다르다. 눈물은 마음에서 우러나오는 감정으로, 그 감정이 긍정적인 것이라면, 기쁨에 기인한 것이라면 마다할 이유가 없을 것이다.

지금까지 마히루가 그럴 기회를 얻지 못한 만큼, 아마네가 많은, 다양한 기쁨에 데려간다고 해도 불평할 사람은 아무도 없으리라. 그 눈물을 아마네가 독점해도 불평할 수 없을 것이다.

『그러면 맡기겠어요. 마히루 양은 남자 친구에게 행복을 많이 받고, 다음에 만날 때는 그 이야기를 선물해 주세요. 기대할게요.』

　아마네의 대답이 코유키를 만족시킨 것이리라. 밝은 얼굴로 싱긋 웃고, 두 사람을 그윽하고 자애로운 눈으로 훑어본다.

　그건 과거에 시호코가 보여준 것과도 같은 눈빛이었다.

『이쯤에서 끝내죠. 앞으로도 마히루 양이 건강하고 행복하게 지내길.』

　한 점의 그늘도 없는 맑은 목소리로 마히루의 미래를 축복한 코유키는 조금 아쉬운 듯 감동에 몸을 떠는 마히루를 슥 훑어보고 화면을 껐다.

　소리도 없이 색이 사라진 화면은 아마네와 마히루와 실내 장식을 비출 뿐이다. 담담한 이별이었지만, 아마네의 가슴에는 확실하게 남은, 따스한 여운이 가득했다.

　그건 마히루도 마찬가지여서, 한동안 그 여운에 잠기듯 멍한 눈으로 마히루에게 행복을 보여주던 화면을 응시했지만……마침내 천천히 아마네에게 몸을 기울였다.

　사랑스럽게 팔과 어깨에 밀착하듯 몸을 기댄 마히루는 그대로 조용히 한차례 심호흡한다.

　가슴이 위아래로 움직이는 것에 맞춰서 윤기가 도는 머리카락이 어깨에서 흘러내리는 것을 보면서, 아마네는 마히루가 속으로 말을 정리할 때까지 기다렸다.

"아마네 군."

"응."

작게 부르는 목소리.

"뭘 말해야 좋을지, 모르겠어요. 정말, 기뻐서, 정신이 이상해질 것 같아요⋯⋯. 이런 날이 올 줄은, 생각해 본 적도 없었어요."

분명 마음속 깊이 바라고 있었을 것이다. 코유키와 가족처럼 지내는 것을.

하지만 실행에 옮길 만한 의지가 없었다.

마히루는 언제나 남을 우선시하는 경향이 있었고, 더 심하게 말하자면 겁이 많았다.

연락할 수단도, 목소리를 들을 수단도, 얼굴을 볼 수단도, 얼마든지 떠올릴 수 있었을 텐데━━ 그걸 실천하지 않고, 할 수 없었던 것은, 코유키에게 거절당할 것을 두려워해 무의식중에 차단한 것이 아닐까. 그런 생각이 들었다.

그 두려움, 불안을 휘저은 것은 지금도 반성하지만, 아마네는 코유키에게 연락한 것을 조금도 후회하지 않는다.

왜냐하면, 모든 것을 끝마친 마히루는 이토록 행복한 얼굴이니까.

"조금은 행복해졌어⋯⋯?"

뭐라고 대답할지 알면서 물어보는 거니까 성격이 참 고약하다는 자각이 있지만, 이 대답을 꼭 듣고 싶었다.

자기만족일지라도 사랑하는 여친에게 행복을 줄 수 있었는지, 그 해답을 알고 싶었다.

"물론이에요. 저기, 기쁨을 주체할 수 없고, 행복해서 머릿속이 몽롱하고, 가슴이 두근두근 뛰고…… 하지만 이게 끝이라고 생각하니 가슴이 아파서. 정서가 이상해진 걸, 알겠어요."

"응. 많은 일이 있었으니까. 조금씩 소화해 나가자."

평소보다 더 앳된 느낌이 강한 투로 더듬더듬, 아마네가 들으라고 말하는 게 아니라 본인의 내면에서 생긴 감정을 정리하듯 중얼거리는 마히루에게, 아마네는 보채지 않고 대답했다.

아직 밀어닥친 감정의 파도를 넘어서지 못한 마히루는 어깨에 몸을 기댄 자세에서 아마네의 팔에 달라붙듯이, 팔짱을 낀 아마네의 팔뚝에 얼굴을 대고 있다.

문질문질, 하고 이마로 눌러서 쌓인 충동을 발산하는 마히루에게 목청을 떨어서 작게 웃고, 아마네는 다른 팔을 뻗어서 헝클어진 황갈색 물결에 손끝을 댔다.

"괜찮아. 이 행복은 사라지지 않을 테니까. 천천히 맛보면 돼. 오늘 마히루가 기뻤던 것을, 잊지 말고 함께 기억해 나가자."

"네……."

"오늘이 언젠가 기억을 떠올렸을 때 행복했었다고 웃으며 돌아볼 수 있는 날이었으면 좋겠어."

바라건대, 수많은 행복한 추억 중 하나가 되면 좋겠다.

앞으로 수많은 행복을 마히루와 함께 느끼고 싶고, 실제로 마히루를 행복하게 해줄 생각이기 때문에, 오늘 이날만 행복한 것이 아니라 매일매일 있는 행복 중 하나로서, 행복하다고 기억해 주면 좋겠다.

"자…… 생일은 아직 안 끝났잖아?"

"벌써 가득 차서, 배부른 것 같아요."

"그래? 큰일인걸. 케이크는 아직 더 있는데……."

어떤 의미로 배가 불렀다는 건지는 알면서도 일부러 장난치듯 아쉬운 얼굴로 중얼거리자, 마히루는 우물쭈물하는 기색으로 아마네의 팔에 이마를 대고 애교를 부렸다.

"아마네 군이 먹여 준다면, 조금만 더 먹을래요."

"응. 마히루가 원한다면 얼마든지."

머뭇거리면서도 기대하듯 아마네를 쳐다본 마히루는 나름대로 이것저것 응석을 부린 것이리라.

그걸 받아들이지 못할 만큼 쪼잔하지 않으니까 마히루가 원하는 것은 뭐든지 들어주겠다는 듯이 부드럽게 머리를 어루만지자, 마히루는 눈을 살짝 감고 수줍게 웃었다.

"얼마든지 다 먹을 순 없으니까, 아마네 군도 해줄게요."

"응. 고마워. 내년에는 더 작게 만들게. 그러면 무리하지 않고 둘이서 다 먹을 수 있겠지."

"내년에도……."

내년이라는 단어를 상상하듯 희미하게 작아지는 목소리로 그 말을 되뇌는 마히루는 머지않은 미래를, 아마네와 함께 있는 모습을 상상해 주었으리라.

어둠에서 불빛이 서서히 드러나는 것처럼 희미하면서도 뚜렷하게 뺨을 붉힌 마히루가 눈치를 보듯이 아마네를 쳐다봤다.

그 눈에 감출 수 없는 기대감을 품고서.

앞으로의 일을 기대한 것을, 생일을 꺼리지 않게 된 것을, 생일을 손꼽아 기다리게 된 분위기를, 아마네는 그 표정에서 곱씹고, 마음속 깊은 곳에서 솟아오르는 기쁨을 그대로 표정에 담았다.

"그래. 내년에도. 기대돼?"

"네."

"잘됐네. 나도 내년이 기대돼."

마히루와 함께 보내는 앞으로의 나날도, 마히루를 자기 손으로 행복하게 해주는 기쁨도, 마히루가 아마네를 믿고 기대해 준다는 설렘도, 전부 아마네에게 즐거움이자 기쁨이자 행복인 것이다.

그건 마히루도 똑같을 거라고, 지금이라면 확신할 수 있다.

"태어나 줘서, 정말 고마워. 나를 사랑해 줘서, 고마워. 행복하게 해줄게."

마히루에게 들려줄 의도가 없이 저절로 흘러나온 말인데, 그것이 마히루의 귀에 완벽하게 전달된 듯하다.

마히루는 호박을 연상케 하는 영롱한 눈이 떨어질 것처럼 활짝 뜬 다음, 뭉클한 솜사탕이 녹듯이 달콤한 미소를 짓더니 아마네에게 몸을 맡기듯 힘을 뺐다.

세상에서 제일 행복한 날의 무대 뒤편

"마히루, 뭐 보고 있어?"

코유키와의 영상 통화를 마치고 마히루도 침착함을 되찾았을 즈음, 문득 옆에 앉은 마히루가 스마트폰 화면을 훑어보는 것을 보고 물어봤다.

기본적으로 스마트폰을 잘 만지지 않는 마히루가 오랫동안 스마트폰을 잡고 있어서 무슨 일인가 싶었는데, 마히루는 아마네의 목소리를 듣고 돌아봤다.

그 표정은 평소보다 훨씬 부드러웠다.

마히룽! 생일 축하해!!! 1등은 아마네한테 양보했지만,
2등은 내가 챙길래! ⋯⋯2등 맞지?
진짜 축하해! 이제 마히룽도 나랑 동갑!

근데 아마네의 축하는 어땠어?
아, 우리도 열심히 돕긴 했지만, 아마네의 의욕은 진짜
대단하더라고.
정말 사랑받는걸♥

마히룽이 아주 좋아하는 아마네의 축하보단 못하지만,
우리도 마히룽을 축하하고 싶으니까 평일이 되면 각오해.
아, 교실에선 안 할 거니까 안심해! 아마네의 방에서
할 거니까! 지금 허락받을게!

그러면 생일 잘 보내⋯⋯라고 해도 벌써 밤이지만.
좋은 하루 보내. 어사피 아마네가 거기 있을 거니까
잔뜩 응석 부려♥

시이나 양, 생일 축하해.
갑자기 연락해서 미안해. 나도 전하고 싶어서.
솔직히 남들한테 생일이 알려지는 걸 좋아하지 않는다고
들어서 축하해도 될지 고민했지만, 우리한테는 말해도 된
다고 아마네가 그랬으니까 용서해 주세요.
진짜로, 축하해.
시이나 양이 있어 주어서, 이렇게 아마네를 비롯해서 우리
도 달라질 수 있었던 것 같아.
고마워.
다시 한번, 생일 축하해!

PS. 치이가 억지를 부릴 수도 있으니까 싫으면 꼭 거절해.
그리고 아마네가 치이 때문에 투덜대면 위로해 주세요.
미리 부탁하겠습니다.

시이나 양, 생일 축하해요.
나도 축하해도 되는 건지 모르겠어서 조금
불안하지만 말이야.
하지만 축하하고 싶어서 몰래
축하 메시지를 보냈습니다!

오늘은 후지미야 군이 듬뿍 축하해 줄 것 같으니까
다음에 다시 축하해 주고 싶습니다.

아, 후지미야 군 육체 개조 계획은 순조롭게 진행 중인 것
같으니까 안심해 주세요! 후지미야 군도 굳이 따지자면 할
마음이 있는 것 같습니다.
시이나 양을 위해서라면 뭐든지 하네, 후지미야 군은.
근처에서 보면 웃음이 절로 나와. 시이나 양의 취향에 맞
는 근육이 되려고 애쓰고 있으니까 응원해 줘!

그러면 내일 학교에서 보자!

마히루짱, 생일 축하해!!
아이참. 사실은 직접 축하하러 가고 싶었는데 일이 많아서…… 슈토 씨랑 아마네도 막고.
그치만 축하하는 마음은 아무한테도 안 져!
아, 아마네한테는 질지도 모르겠지만?

그건 그렇고, 태어나 줘서 정말 고마워. 마히루짱이 태어나서 정말 기쁘고, 감사하고 있어. 지금 당장 끌어안으러 가고 싶을 만큼!
하는 수 없으니까 다음에 볼 때까지 포옹은 미루겠습니다.
내 몫은 아마네한테 부탁하렴!
다음에 볼 때가 무척 기대돼!
다음엔 연말연시에 볼까? 우리가 보러 가는 것도 좋지만, 마히루짱도 이쪽 집으로 오렴. 내년에는 수험생이니까 이쪽으로 부를 수 없거든. 생각해 주기만 해도 좋아!
그러면 다음에 또 보자!
마히루짱에게 올해 동안 좋은 일이 있기를!

갑자기 연락해서 미안하구나. 하지만 전하고 싶은 말이 있어서 이렇게 연락했어.

시이나 양, 생일 축하합니다. 시이나 양이 태어나 줘서, 우리 가족의 일인 것처럼 기쁩니다.

원래라면 직접 전해야 한다고 생각하지만, 좀처럼 시간이 나지 않아서 이렇게 메시지로 전하게 되어서 미안해. 갑자기 전화할 수도 없고…… 옆에 있는 시호코 씨는 전화하고 싶어서 근질근질한 눈치지만.

아, 시호코 씨가 연락했을 것 같은데, 귀성에 관해서는 너희가 정해야 한다고 생각하니까 무리해서 오지 않아도 괜찮아. 약속이 잡혔거나 친구들과 지낼 예정이 있다면 그쪽을 우선하렴. 한 번밖에 없는 고등학교 2학년의 겨울 방학이니까.

아마네와 잘 이야기하고 결정해 줘.

그러면 이만.

시이나 양의 하루하루에 좋은 일이 있기를.

"여러분이 보낸 축하 메시지예요."

"아, 잘됐네."

당일에 직접 축하하는 권리를 아마네에게 양보해서, 다른 사람들이 당일에 축하하려면 이렇게 메시지를 보낼 수밖에 없다.

생각해 보면 친구들에게 마히루를 축하할 권리를 빼앗은 것이 조금 미안하지만, 모두 납득하고 아마네에게 전부 일임한 것을 알기에 속으로 다시 한번 친구들에게 고마움을 전했다.

그 대가로 월요일에 소감을 물어보거나 놀릴 것 같지만, 그건 이제 달게 받아들일 작정이다.

다음에 등교하는 날에는 각오해야겠다고 뺨을 살짝 굳힌 아마네를 알아챈 기색도 없이, 마히루는 몽롱한 기색으로 줄곧 꿈속에 있는 것처럼 달콤하고 부드러운 미소를 짓고 있다.

"네. 정말 기뻐요……. 이런 생일은 처음이야."

"그렇구나. 내년부터는 연례행사가 될 거니까 지금부터 익숙해져야 하는데?"

"익숙해지려면…… 얼마나 걸릴까요?"

"매년 할 거니까 익숙해지면 알려줘. 뭐, 매년 깜짝 놀라게 노력하겠습니다."

"너무 가슴이 뛰게 하면 곤란한데요……. 눈이 조금 부었으니까요."

조금 토라진 것처럼 말하지만, 불만이 아니라 머쓱하고 쑥스러운 느낌이었다.

마히루가 말한 것처럼 정말로 눈가가 조금 빨갛고 부었는데, 그것보다도 더 눈에 띄는 것은 발그레해진 뺨일 것이다.

"싫었어?"

"설마요. 제가 얼마나 행복한지를 통감했어요."

"저로서는 더 행복해지길 바라므로 매년 업데이트할 예정입니다."

과거를 생각해 보면 아직 부족할 것 같고, 아마네로선 역시 할 거면 철저히 기쁘게 해주고 싶은지라, 다음에는 시간을 더 들여서 마히루의 취향과 희망을 조사하고 뭘 원하는지를 모조리 알아내야 한다.

그리고 내년 마히루의 생일이 오기 전에 준비하고 싶은 것들을 준비할 작정이다.

그걸 마히루가 기뻐해 줄지는 모르겠지만—— 그래도 아마네는 마히루에게 맹세하고 싶다.

평생에 한 번뿐인, 소중한 약속을.

"후후. 그러면 저도 아마네 군을 위해서 매일매일 정진해야겠네요. 물론, 무리하지 않도록, 말이죠?"

"내 심장을 건드리지 말아 주시죠."

"싫어요. 내년을 기대해 주세요."

"마히루도 기대해 줘."

"네. 기대할게요."

"응. 나도."

성급한 건 알지만, 서로가 내년 생일을 고대하는 것을 확인하고, 아마네와 마히루는 누가 먼저랄 것도 없이 얼굴을 가까이 댄다.

　"기대되는걸⋯⋯."

　입술에서 전해지는 온기를 느끼며 아마네가 은근슬쩍 가느다란 약지를 슬쩍 어루만지는 걸 눈치채지 못한 마히루는 아마네에게 모든 것을 맡긴 채 기분 좋게 눈가에 미소를 짓는다.

　그 모습이 사랑스러워서, 아마네는 그대로 다시 한번 서로의 거리를 좁히며 마히루의 시야를 가렸다.

She is the neighbor
Angel,
I am spoilt by her.

후기

이 책을 사 주셔서 감사합니다.

작가인 사에키상입니다. '옆집 천사님' 9권을 즐겁게 보셨을까요.

설마 했던, 생일이 연속으로 나오는 권이 됐습니다. 하지만 이번 권은 준비하는 쪽인 아마네 군이 이것저것 시행착오, 동분서주하는 이야기입니다. 마히루 양을 위해서라면 뭐든지 다 하는 아마네 군입니다.

기본적으로 마히루 양을 위해서라면 무슨 일이든 고생을 사서 하는 아마네 군인데, 이번에는 여러 사람의 도움을 받아 마히루 양의 생일 축하를 준비해 나갑니다.

1년 전과는 완전히 다르게 교우 범위가 넓어져 신뢰할 수 있는 사람도 늘어난 아마네 군에게 감동을 금할 수 없습니다. 1년 전의 아마네 군에게 지금의 아마네 군을 보여주고 싶네요.

그리고 작중에서는 마침내 동거 약속을 해버렸습니다. 얘는 이러고도 정식 프러포즈를 아직 안 했다고요.

　자연스럽게 마히루 양과 앞으로 함께 살아갈 각오를 다지는 아마네 군에게 마히루 양은 정신을 차릴 수 없는 셈인데, 마히루 양이 행복하다면 오케이 같은 겁니다.
　마히루 양은 당연한 것처럼 장래를 약속해 주는 아마네 군에게 구원받은 셈이니까, 아마네 군은 무의식중에 마히루 양을 저격하고 있네요.

　그리고 본편에서 처음으로 등장(이라고 해도 화면 속에서)한 코유키 씨입니다.
　마히루의 부모를 대신하는 인물이며, 인격 형성에 가장 큰 영향을 주었다고 해도 과언이 아닌 코유키 씨인데, 마히루를 자기 친자식처럼 귀여워했기에 무슨 일이 생기면 마히루를 거두려고도 했습니다.
　지금은 행복해 보이니까 아마네를 믿고 맡겼지만, 마히루에게 무슨 일이 생기면 확실하게 날아와서 떼어놓을 기세이므로 앞으로도 아마네가 마히루를 행복하게 해주길 바라고 있습니다.
　뭐, 기본적으로 마히루도 아마네도 이성적이고, 상대가 하는 말을 들으려고 하니까요. 커뮤니케이션 실패로 엇갈리는 일은 거의 없을 성격이니까 너무 걱정하진 않지만요.

이번 권에서 코유키가 나옴으로써, 마히루의 어린 시절 이야기를 더욱 쓰고 싶어졌습니다. 행복 속에서 희미하게 드러나는 먹구름을 쓰는 것을 은근히 좋아합니다.

이 괴로움이 있었기에 마히루의 지금 행복이 강조되는 식으로 말이죠.

그리고 어린 시절의 마히루를 그림으로 보고 싶다는 이유가 큽니다. 하네코토 선생님이 그리는 어린 시절의 마히루, 귀엽지 않나요?

하네코토 선생님이라고 하면, 이번 권에서도 멋진 일러스트를 그려 주셨습니다!

특별판이 있으면 커버 일러스트를 많이 볼 수 있으니까 정말 작가가 제일 득을 보는 기분입니다. 마히루의 이런저런 그림을 본다는 포상……. 누가 가장 득을 보냐고 하면, 작가가 가장 많이 봅니다. 틀림없어요.

특별판 커버 일러스트도 일반판 커버 일러스트도 각각 분위기가 달라서 좋습니다. 정말 귀여워요. 어휘력을 상실합니다.

커버 일러스트에 있는 감동에 벅찬 마히루의 표정이 진짜 좋아요. 아마네 군, 잘했어.

매번 날개 요소가 들어간 것을 보면 미소가 절로 지어집니다. 이런 요소를 철저히 지킨다고 말이죠.

특별판 커버 일러스트의 계절감도 정말 좋아합니다. 저는 하네코토 선생님이 그리는 사계절을 진짜 좋아하니까 가을 느낌이 듬뿍 나는 이 그림이 좋아 죽겠습니다.

　이번 권두 컬러에선 마침내 코유키 씨가 출연하는데, 완숙한 미녀가…… 이분은 손자가 있는 할머니라고…… 나이는 닥치고 비밀로 하겠습니다.
　언젠가 직접 만나는 그림도 그릴 수 있게끔, 앞으로도 잘 쓰고 싶네요!

　그러면 마지막으로, 신세를 진 여러분께 감사 인사를 드리겠습니다.
　이 작품의 출판에 애써 주신 담당 편집자님, GA문고 편집부 여러분, 영업소 여러분, 교정 담당자님, 하네코토 선생님, 인쇄소 여러분, 그리고 이 책을 사 주신 여러분, 대단히 감사합니다.
　다음 권에서 또 뵙겠습니다.
　끝까지 읽어 주셔서 감사합니다!

옆집 천사님 때문에
어느샌가 인간적으로 타락한 사연 9

2024년 08월 20일 제1판 인쇄
2024년 09월 05일 제1판 발행

지음 사에키상
일러스트 하네코토

제작 · 편집 노블엔진 편집부

발행 데이즈엔터(주)
등록번호 제 2023-000035호
주소 07551 서울특별시 강서구 양천로 570 NH서울타워 19층
대표전화 02-2013-5665

ISBN 979-11-380-5116-3
ISBN 979-11-6625-555-7 (세트)

OTONARI NO TENSHISAMA NI ITSUNOMANIKA DAMENINGEN NI SARETEITA KEN Vol.9
Copyright ⓒ 2024 Saekisan
Illustration copyright ⓒ 2024 Hanekoto
All rights reserved.
Original Japanese edition published in 2024 by SB Creative Corp.

This Korean edition is published by arrangement with SB Creative Corp., Tokyo
in care of Tuttle-Mori Agency, Inc.

구매 시 파손된 도서는 구매처에서 교환하실 수 있습니다.
기타 불편사항, 문의사항이 있으신 독자님께서는 노블엔진 홈페이지
[http://novelengine.com] 에서 Q&A 게시판을 이용해 주시기 바랍니다.

아가씨 돌보기

영애들이 다니는 명문 학교에서
제일가는 아가씨(생활력 없음)를 남몰래 돕는
시중 담당이 되었습니다

1~6

남자 고등학생 '토모나리 이츠키'는 유괴 사건에 말려들었다가 국내에서 손꼽히는 재벌 가문의 아가씨인 '코노하나 히나코'의 시중을 들게 되었다.

겉으로는 뭐든지 잘하는 히나코 아가씨. 하지만 그 정체는 혼자서는 일상에서 아무것도 못할 정도로 생활력이 없고 나태한 여자애. 그러나 히나코는 집안의 체면상 학교에서는 '완벽한 숙녀'를 연기해야만 한다. 그런 히나코를 지키고 싶은 마음에 하나부터 열까지 지극 정성으로 모시는 이츠키. 마침내 히나코도 그런 이츠키에게 몸과 마음을 의지하는데…….

어리광 만점! 생활력 빵점?!
완벽한(?) 아가씨와 함께하는 러브 코미디!

 사카이시 유사쿠 지음 | **미와베 사쿠라** 일러스트 | **2024년 9월 제6권 출간**

청춘의 상상,시동을 걸어라!

사랑이 실패했다고 인생이 끝나나?
패배했기에 빛나는 소녀들에게 행복이 있으라!

패배 히로인이 너무 많아!

1~5

애니메이션 방영작

학급의 배경인 나, 누쿠미즈 카즈히코는 인기 많은 여자인 야나미 안나가 남자에게 차이는 모습을 목격한다.

"나를 신부로 삼아주겠다고 했으면서!"

"그거 언제 적 이야기인데?"

"네다섯 살쯤인데."

──그건 좀 아니지.

그리고 이 일을 시작으로 육상부의 야키시오 레몬, 문예부의 코마리 치카처럼 패배감이 넘치는 여자애들이 나타나는데──.

패배 히로인── 패로인들과 엮이는 수수께끼의 청춘이 지금 막을 연다!
2024년 7월 애니메이션 스타트!!

 아마모리 타키비 지음 | 이미기무루 일러스트 | 2024년 7월 제5권 출간
청춘의 상상, 시동을 걸어라!